어느 대기업 퇴직 임원의 비망록

퇴직, 새로운 시작!

어느 대기업 퇴직 임원의 비망록

퇴직, 새로운 시작!

지은이 **최경락**

목차

28년간 한 직장을 다니는 동안 나는 그곳이, 그리고 그 생활이 나의 인생 전부인 줄 알고 살았다. 많은 분이 그러하지 않을까? 하지만 퇴직을 하고 비로소 깨닫게 되었다. 그 28년은 나의 인생 전부가 아니라, 겨우 절반의 의미이며, 새로운 절반이 내 앞에 남아 있다는 평범한 사실을.

그렇다. 나는 지금 겨우 인생 전반전을 끝내고 중간에 하프타임을 가지고 있는 중이다.

주변 사람들을 살펴보면 지금 이 시간이 얼마나 중요한지를 쉽게 알 수 있다. 다들 어느 정도는 예측하고 살지만, 막상 퇴직을 하고 나면 갑자기 밀려드는 다양하고, 복잡한 감정의 소용돌이가 사실 쉽게 빠져나올 수 있는 만만한 것이 아님을 깨닫게 된다. 그리고, 동시에 찾아오는 현실적, 경제적 불안감이 이를 더욱 가중시키면서, 어두운 '감정의 터널'에 갇히게 되기도 한다.

이를 잘 극복해 내지 못하는 사람들은 하프타임과 후반전의 특별한 경계가 없이 그냥 '의미 없는 시간의 흐름'에 몸을 맡기고 살아갈 수도 있다. 하지만, 이 시간 동안 '감정의 정화(淨化)'를 성공적으로 해내고, '새로운 준비'를 잘 하는 경우에는 전반전과 후반전 모두를 의미 있는 한 편의 연결된 시나리오로 만들어 갈 수도 있다.

나는 갑자기 찾아온 인생의 하프타임에 가장 먼저 이 글을 쓰게 되었다.

내가 이 글을 쓰게 된 데는 두 가지의 분명한 목적이 있다.

첫째, 살아오면서 겪어 본 시간들 중 가장 의미 있고 중요한 이 시간에 일어나는 나의 감정의 변화와 열정적 노력들을 꼭 조그만 '기록'으로 남기고 싶었다. 인생 후반전이 끝나 갈 무렵, 이 시절의 기억을 되돌아보고 싶었고, 뒤따라올 후배들에게 미력하나마 한 줌의 도움을 전하고 싶었다.

둘째, 먼저 나 자신에게, 그리고 이 글을 보게 될 사람들에게, 앞으로 펼쳐질 후반전에서의 열정과 의지를 표현하고, 구속받고 싶음이다. 힘든 일일수록 주변에서 감시하는 눈이 있으면 더욱 실행력이 담보될 수 있기 때문이다.

힘들고 길 줄 알았던 이 시간을 나름 훌륭하게 마무리할 수 있도록 늘 옆에서 든든한 힘이 되어 준 사랑하는 아내와 두 딸에게 진심에서 우러나는 감사의 말을 전한다. 그리고, 물심양면 항상 나를 응원해 준 SK아너스라운지 Staff 여러분들에게도 감사의 인사를 올린다.

많은 후배에게 이 글이 부족하나마 '공감(共感)의 연못'이 되고, 남은 '삶의 이정표'가 될 수 있기를 바라는 마음이다.

| 1부 |

어느 날 갑자기 찾아온
'퇴직'이라는 불청객

운명의 그날이 찾아왔다 |

2023년 11월 16일.

55년 나의 인생에서 결코 지워질 수 없는 긴 하루가 힘겹게 지나갔다. 많은 분이 기억을 떠올려 보면 금방 알 수 있을 것이다. 그날은 2024년도 입학 대학수학능력시험이 치러진 날이다.

바로 그날, 나의 큰아이도 시험을 보았다. 아내와 나는 전날부터 긴장 상태였고, 새벽 알람을 여러 개 맞추고 겨우 잠을 청했다. 하지만, 우리는 두 사람 다 밤새 잠을 못 이루고 뒤척이다, 새벽에 알람이 울리기도 전에 눈을 떴고, 새벽부터 딸아이를 시험장에 보내기 위한 준비에 분주하게 움직였다.

이른 아침부터 웬 비는 그리도 추적추적 내리던지….

딸아이를 차에 태워 수험장으로 데려다주고는 아내와 나는 근처에 있는 봉은사(奉恩寺)로 향했다. 나는 원래 부모님의 영향으로 가끔 힘든 일이 있을 때는 절을 찾아 마음을 다잡기도 했지만, 철저한 무신론자였던 아내는 평소 절에 갈 때 같이 가자고 해도 항상 정중하게 사양하던 사람이었다. 그런데 오늘의 봉은사 방문은 아내가 먼저 제안한 것이었다.

'자식 대입 시험 보는 것이 평범한 가정에서는 엄청난 사건이긴 하구나…'

봉은사 경내는 발 디딜 틈 없이 인산인해였다.

비까지 내리는 궂은 날씨라 더욱 어수선하고, 도무지 마음이 잡히지 않는 것 같았다. 하지만 나는 마음을 추스르고 딸아이를 위한 기도를 진심으로 올렸고, 아내와 함께 우산을 받쳐 든 채 경내를 한동안 경건한 마음으로 거닐었다. 평소 같으면 이 정도 의식을 치르고 나면 항상 개운한 마음으로 절을 나섰건만, 웬일일까? 오늘은 절을 나서는 나의 발걸음이 천근만근의 무게로 느껴졌다. 그것은 바로 나의 머릿속에 또 한 가지 큰 일이 똬리를 틀고 있었기 때문이다. 나는 이날 오후 중요한 전화 한 통을 기다리고 있었다.

나는 회사에서 인사 담당 임원을 오래 했다.
그래서 나의 퇴장은 내가 어느 정도 예측이 가능하고, 미리 알 수 있을 것이라는 생각을 늘 해 왔다. 이 점이 회사를 다니는 동안 큰 위안이 되었던 것이 사실이다.

생각해 보라. 수많은 직장인이 어느 날 갑자기 하루아침에 회사에서 쫓겨나지 않는가? 그에 비해 나는 나의 마지막을 미리 준비할 수 있을 것 같아 얼마나 안도의 마음을 가지고 있었던가? 하지만 일이 안 되려 하니, 그해 초 나는 다른 보직으로 발령을 받아 그 소박한 꿈에서 일찌감치 멀어져 있었던 것이다.

수능 이틀 전, 오후에 회사 인사 담당 임원이 불쑥 나를 찾아왔다.

그는 이번 연말 임원 인사에서 내가 퇴직자 명단에 포함되어 있다고 많이 미안해하며 귀띔을 해 주었다. 퇴근 무렵에는 사장님 비서실에서 연락이 와서 다음 날 사장님과의 퇴직 면담이 잡혔다. 전혀 생각하지도 않고 있던 무서운 절차들이 한 치의 오차 없이 착착 진행되는 느낌이었다. 나만 모르고 있었던 것 같아 자괴감이 치밀었다.

하지만 다음 날 오전, 일이 복잡하게 흘러갔다.

사장님은 갑자기 부친상을 당해 면담이 취소되었고, 인사 담당은 내가 다른 관계 회사로의 이동이 논의되고 있어 아직 희망의 끈을 놓지 말라는 것이었다. 최종 결과는 다음 날 오후까지는 알려 주겠다고 했다. 뜨거운 무언가 가슴 저 밑바닥에서 차오르는 느낌이라고 할까? 살면서 한 번도 겪어 보지 못한 '막판 뒤집기의 기적'이 나에게 왠지 일어날 것만 같았다. 인사 담당의 귀띔부터 수능 당일까지 겨우 서른 시간 남짓 흘렀을 뿐인데, 나에게는 그 시간이 일주일 이상의 기나긴 시간처럼 느껴졌었다.

오십 중반 살면서 그렇게 간절했던 적도 없었으리라….

'간절합니다. 간절합니다….' 혼잣말을 수십 번도 넘게 입안에서 웅얼거렸던 것 같다. 더구나 아내와 아이에게는 아직 말할 용기도 없었고, 말할 타이밍도 아닌 것 같아 혼자 끙끙거리고 있던 터였다.

봉은사를 나와 아내와 나는 늦은 아침으로 무언가를 먹을 곳을 찾아 들어갔다. 어느 정도 허기짐이 해결되고 나서, 나는 조심스럽게 입을 열었다. 고해성사처럼 고백을 하지 않고서는 더 이상 표정 관리도 할 자신이 없었고, 머리는 곧 터질 것만 같았기 때문이다.

"사실 오늘 오후까지 걸려 올 회사의 최종 통보 전화를 기다리고 있는 중이야…."

옛말에 어머니는 강하다고 했던가? 아니다, 아내도 강했다. 내 말을 듣고 있는 아내는 눈빛 하나 흔들림 없이 덤덤하게 "그래? 그동안 잘 버텨 왔는데…. 조금 기다려 보자."라는 것이 아닌가? 안 그래도 딸아이 시험 때문에 머리가 터져 나갈 참이었을 텐데….

오후 다섯 시가 좀 넘어 아이의 시험이 끝이 났다. 고사장 밖에서 아내와 나는 기다리던 아이를 만났으나, 섣불리 시험에 대해 묻기가 어려웠다. 눈치를 보니 아이 표정도 그리 밝지 않은 듯했다.

그때, 갑자기 내 핸드폰에 커다란 진동이 느껴졌다.

살면서 전화가 걸려 오는데 그렇게 긴장했던 적도 없었던 것 같다. 인사 담당 임원이었다.

"죄송합니다. 일이 잘 안되었습니다…. 모레 발표하니 내일부터 출근은 안 하셔도 될 것 같습니다…." 나는 머릿속으로 소리를 질렀다. '제발 농담이라고 말해.'

내 청춘을 바친 28년간의 연극 무대는 그렇게 허무하게 커튼을 내려 버렸다.

집으로 돌아와 아이는 방문을 잠그고 들어가 한참을 있다가 나왔다. 아마도 답을 맞혀 보는 것이리라 생각하고, 아내와 나는 아이를 방해하지 않았다. 아이가 나오자마자 갑자기 대성통곡을 했다. "나 어떻게 해? 시험 망쳤어…. 엉엉…."

아내와 나는 그날 오후 늦게 뉴스를 통해 금년 시험이 엄청 어려웠다는 사실을 이미 알고 있었다.

2023년 11월 16일, 나는 밤을 하얗게 지새울 수밖에 없었다.

잠 못 이루는 불면(不眠)의 밤 |

나는 두 가지 장점이 있다.

나는 장점이라 주장하고, 아내는 가끔 그게 문제점이라고 반박한다.
하나는 어디서든 잠을 잘 잔다는 것이다.
거기다 잠이 드는 시간이 남들보다 훨씬 짧다. 머리만 대면 잠이 든다.

또 하나는 일 년 내내 식욕이 없는 날이 없다.
아무리 아파도 나의 식욕은 늘 왕성하다. 식욕을 넘어 식탐도 가끔 부린다. 내가 잔병치레가 적은 원인도 병원균들이 나의 왕성한 식욕에 놀라 달아나는 이유일 것이라 생각한다.

그러던 내가 밤에 잠이 오지 않는 날이 갑자기 늘어났다. 나를 불면의 밤으로 이끄는 것은 다름 아닌 '새롭게 느껴 보는 감정들의 세트 메뉴'였다. 메인 메뉴는 '억울함'이었고, 사이드 메뉴는 불쑥 치밀어 오르는 '분노와 상대적 박탈감'이었다.

대학 시절 애틋한 마음으로 보았던 톰 행크스와 멕 라이언이 주연한 로맨스 영화 〈시애틀의 잠 못 이루는 밤(노라 에프론 감독, 1993)〉이 문득 떠올랐다. 내가 살면서 유일하게 공감한 불면의 고통은 영화 중 톰 행크스가 먼저 떠난 아내를 그리워하며, 잠 못 들었던 그런 애틋한 불면뿐이었는데, 지금 나는 완전히 새로운 종류의 불면과 싸우고 있는 중이었다.

'억울함'은 사람이 가진 주관적 감정이다.
당하는 사람은 그 어떤 이유로도 억울하다고 느낄 수밖에 없는 일방향적 감정이다.

마지막 해 임원 재직 기간은 나름 만족스러운 시간을 보냈던 것 같다. 소위 대과(大過)도 없었다. 오히려 새로운 조직을 잘 세팅하고, 조직의 존재감도 어느 정도 끌어올렸던 것이 사실이다. '그런데 왜…? Why me…?' 과거 CEO를 역임하신 후 퇴직하신 어떤 임원의 이야기가 생각이 난다. 감정의 정리 후 세상 밖으로 나오는 데 만 2년의 시간이 걸리더라고….

가만히 있다가 미친놈처럼 불쑥 분노가 치밀어 오르는 것도 살면서 처음 경험해 보는 일이다. 그것도 자다가 불쑥 분노가 치밀어 오르는 것은 엽기적이다 못해 신선하기까지 하다.

살면서 겪어 본 분노의 감정은 분노하는 그 현장에서 바로 느끼고, 이내 풀어지는 일종의 인스턴트 감정이었는데, 분노가 마음속에서 계속 숙성되면서, 시도 때도 없이 치밀어 오르는 새로운 경험을 하게 된 것이다. 자다가 소위 '이불 킥'을 얼마나 했는지 모르겠다.

그리고, 나의 퇴직 무렵, 굳이 듣고 싶지는 않았지만 들려왔던 지인들의 영전과 좋은 곳으로의 이동 소식들….
아무리 생각을 해 봐도 나보다 나은 게 없는 것 같은데, 그들은 왜…?

혼자 생각해 봐도, 주변 의견을 들어 보아도 시원하게 이해가 되지 않았다. 단순히 사촌이 논을 사면 배가 아픈 차원의 좀스럽고 유치한 감정만은 아닌 것 같아 더욱 소화해 내기가 힘들었던 것 같다. 이 상대적 박탈감은 다시 억울함으로 회귀하여 '뫼비우스의 띠'가 되는 악순환의 연결고리가 만들어져 있었다.

한술 더 떠 이젠 안 꾸던 꿈까지 꾼다. 겨우 몇 시간 자는 와중에.
옛날에 가끔 스트레스를 받을 때, 다시 대입 시험을 보거나, 입대하는 꿈을 꾸곤 했었다. 하지만 지금 꾸는 꿈은 회사에서 잘리지 않기 위해, 소위 힘이 있는 사람들을 찾아다니며 구명(救命)하는 내용의 꿈이다. 문득 잠에서 깨고 나면 기분이 영 아니다. 자존심이 상해서….

밤새 이 난리를 치고는 새벽녘이 되어서야 겨우 잠이 든다. 그리고는 해가 중천에 뜰 무렵 겨우 눈을 뜬다. 아내가 밥 차려 놓았으니 같이 밥 먹자고 깨워서.

문득 당연한 사실을 새삼스럽게 깨닫는다.
이 사람이랑 결혼 안 했으면 지금 이맘때쯤 진짜 힘들고 외로웠을 것
이라고….

2019년 봄 무렵이었다.

나의 몸무게가 인생 최고치를 찍었다. 무려 90kg.

20대 후반 갓 입사했을 무렵, 나는 178cm의 키에 72kg의 체중으로 딱 보기 좋은 정도의 체구였다. 세월이 지나고 우연히 보았던 이맘때 나의 사진 속 모습은 다소 마른 듯한 느낌도 없지 않았던 것 같다. 소위 '호리호리한 느낌'을 준다고 할까? 물론 주관적 견해이긴 하다.

하지만, 결혼과 직장 생활 십여 년이 지나면서, 그 세월의 훈장으로 받은 10kg의 체중이 나를 어느덧 80kg 초반의 '튼실한 아저씨'로 변모시켜 놓았고, 이맘때는 회식이 있는 날은 어김없이 '배불뚝이 아저씨'로 깜짝 변신하는 일이 잦았다.

이후 오랫동안 큰 변화 없이, 이 몸무게에서 조금 늘었다, 다시 빠지기를 반복하며 그럭저럭 일관성을 유지해 왔다.

하지만, 2018년 무렵부터 회사에서 맡은 직책이 너무나도 많은 부담을 감당해야 했고, 연속선상에서 하루 일과도 힘들었지만, 일과 후에도 늘 술자리가 많았고, 늦은 귀가 후에는 바로 잠이 들지 못하고, 허전함을 달래려 야식을 찾는 일이 잦아졌다. 당연히 운동은 '기약 없는 안녕'을 선언한 상태였음은 말할 것도 없다.

여기서 고백하건대, 주된 원인은 물론 스트레스였지만 그 속에 나의 타고난 식욕과 식탐도 한몫했던 게 사실이다. 늘 아내에게 농담처럼 이야기하곤 했다.

"입맛이 없다는 게 도대체 어떤 느낌일까?"

또, 나는 술을 체질적으로 먹지 못한다.

젊은 시절 '음주 측정기'라는 별명이 있었을 정도로, 한 잔의 술이면 나의 얼굴을 검붉게 물들이는 데 충분했다. 그래서인지 나름 격동의 시대인 1980년대 말부터 1990년대 중반까지 대학을 다녔지만, 나에게는 술로 인한 기억이나 추억이 전혀 없다. 당시 시대 상황을 감안하면 동년배들은 잘 이해가 안 되는 부분일 수도 있겠다.

그런 몸으로 매일 강적들을 상대하며 술로 많은 시간을 보냈으니 몸이 정상일 수 없는 것이 당연했다. 그리고, 부족한 주량으로 인해 술로 못다 푼 스트레스를 야식으로 풀었던 것도 설상가상의 상황을 만드는 데 한몫을 했었다.

이 무렵, 급격히 늘어난 체중으로 매일같이 찾아오는 피로함과 무력감, 그리고 부대낌을 점점 견디기가 어려워졌다. 그중에서 무엇보다도 번거롭고 힘든 일은 아침마다 출근하면서 편한 바지를 찾아 입는 일이었다. 입고 싶은 바지는 허리가 끼어 불편했고, 허리에 맞추면 옷매무새가 맘에 안 들었고…. 아내의 눈치를 한껏 받으며 가끔 큰 사이즈의 바지 쇼핑을 하곤 했지만, 어떤 때는 새로 산 바지도 안 들어가는 어처구니없는 날도 있었다.

도저히 버티다 못해 이 방법, 저 방법을 알아보았고, 그나마 손쉬워 보이는 '한방 다이어트'의 도움으로 두 달여 만에 약 10kg의 체중 감소와 급격한 체지방 감소를 만들어 냈다. 아내는 "집 나갔던 턱선과 옷 핏이 다시 돌아왔네, 하하…" 하며 무척 좋아했던 것 같다. 물론 좀 더 건강해진 모습에 진심으로 기뻐했을 것이라 생각한다.

두 달여 만의 10kg의 체중 감소는 말처럼 쉬웠던 것은 아니었다. 정말 고민하면서 업무상 술자리를 줄여 나갔고, 하루 종일 식욕을 억제하기 위한 노력도 쉽지만은 않았으며, 아무리 바쁜 와중에도 틈을 만들어 계속 걸으려고 했었다. 힘들고 지쳐 집에 돌아와서도 야식을 멀리하고, 물만 마시는 일을 반복했던 결과로 얻은 선물이었다.

하지만, 몇 달 잘 유지되는가 싶다가 어김없이 찾아온 '요요 현상'과 함께 체중이 금세 원상회복되어 버렸다. 많은 분에게 근본적이지 않은 인위적 다이어트는 사상누각처럼 허무한 신기루라 감히 말씀드리고 싶다.

그런데, 회사의 퇴직 통보를 받고 한 달 가까이 지났을까?

오랜만에 찾은 목욕탕에서 아무 생각 없이 체중계에 올라섰다가 내 눈을 의심하는 숫자를 보게 되었다. 몇 년 전 다이어트에 실패한 후 늘 85~86kg을 유지하던 몸무게의 앞자리 숫자가 변해 있었던 것이다. 28년 만에 보는 '7'이란 숫자였다. 예전에는 그렇게 돈을 써 가며 다이어트를 하고도 실패했는데, 돈 한 푼 안 들이고 이렇게 훌륭한 다이어트에 성공을 했으면 기뻐해야 하거늘 갑자기 당혹스럽고, 지난 한 달의 시간을 지나온 나에게 셀프로 위로해 주고 싶은 마음이 울컥 솟아오르는 건 왜일까?

집에 돌아와 아내에게 이야기를 해 주었다. 당황하고 상처받은 마음을 위로받고 싶었나 보다. 하지만, 아내는 반색을 하며 크게 기뻐하는 것이 아닌가?

"회사 그만두더니 옛날의 건강하고 멋있는 우리 남편이 되돌아왔네! 세상일은 역시 동전의 양면처럼 공평한 것 같아…!"

이 긍정의 화신이 내 곁에 없었다면 어쩔 뻔했을까?

나의 마지막 담당 조직은 그 어느 해보다 애착을 많이 가졌던 조직이다.

한 번도 해 보지 않은 일이었고, 회사에 새로 만들어지는 조직이었던 탓에, 조직을 구성하고, 구성원 한 명, 한 명을 내가 직접 찾고, 인터뷰해서 뽑았기 때문에 시작부터 애착이 달랐었다.

구성원 면면을 들여다보아도, 전문성을 가진 분야도 각기 조금씩 달랐고, 성격이나 스타일도 조금씩 달라서 그들과 함께 있으면 언제나 배울 것이 있었고, 재미가 있었고, 사람 사는 느낌이 물씬 느껴졌었다.

우리는 바쁜 틈을 쪼개 맛집도 찾아다니고, 생일 같은 대소사에는 축하와 즐거움을 함께 나누었으며, 무엇보다도 일을 통한 성장을 위해 치열하게 토론하고, 의견을 나누었던 것이 가장 기억에 남는다.

그랬던 그들과 그해 연말 너무나도 갑작스럽게, 전혀 준비되지 않은 이별을 하게 되었다.

큰아이 수능 시험 전날, 팀원들이 내 방으로 갑자기 찾아왔었다.

쭈뼛쭈뼛 제일 선임인 친구가 "따님 수능 시험 잘 보라고 팀원들이 카드를 적었습니다."라며 정성스럽게 포장된 초콜릿과 예쁜 카드를 내밀었다. 나는 순간 감동과 따뜻한 온기에 휩싸이는 기분에 빠져들었다. 나는 수능 당일 하루 휴가를 냈던 탓에 "너무 고마워. 수능 지나고 밥 살게~~"라고 약속을 하고 헤어졌는데…. 그 말이 그들과의 마지막 대화가 될 줄은 꿈에도 몰랐던 거다.

뒤에 전해 들은 이야기이지만, 다음 날 나의 갑작스러운 퇴직 소식이 전해지고 나서 여자 구성원 몇은 많이 울었다고 한다. '내가 세상을 헛되게 살지는 않았구나….'라고 스스로를 위로하면서도, 이 모든 현실이 잘 정리가 되지 않는 복잡한 심경으로 착잡하기만 했다.

한 달여가 지났을까? 우리는 어렵사리 시간을 내어 송별회 자리를 가졌다.
주고받는 소주잔과 함께 건네지는 아쉬움의 감탄사들이 이 시간을 시끌벅적 만들지는 못하고, 무언가 축 처진 듯한 분위기의 모임이 되고 있었다.

대충 시간이 마무리되어 갈 때쯤, 팀장이 주섬주섬 무언가를 끄집어내어 자리에서 일어났고, 나에게 전달식을 시작했다. 내용과 물건을 보니 회사 경영층이 지난 28년간의 수고에 대한 감사패와 선물을 준 것을 팀장이 대신 전달해 주는 것이었다. 대략 액수를 따져 보니 상당한 금액이었다.

한편으로는, 나의 28년의 한 직장에서의 노고와 추억을 마지막에 함께했던 사랑하는 후배들 손으로 전달받고, 축하받으니 의미가 남달랐던 것 같다.

하지만, 한 개인의 28년 회사에 대한 기여를 축하해 주면서 변변한 자리도 없이 이렇게 택배 배달하듯 처리하는 회사의 일 처리에 한없이 실망스럽고 아쉬움이 묻어나는 것은 나의 과한 욕심일까?

이게 정말 최선인가요?

이 많은 시간을 어이할까? |

대부분의 직장인은 하루 8시간 근로가 의무이지만 실제는 그렇지 못한 것이 현실이다.

아침에는 러시아워 출근이 주는 고통을 피하기 위해 집을 일찍 나서기도 하고, 저녁에는 야근이다, 회식이다 늦기 일쑤이며, 별다른 일정이 없는 경우에도 퇴근 시간 러시아워를 피해 느지막이 퇴근을 하는 경우도 흔한 일이다.

낮 일과 시간은 어떠한가?
여기저기 회의에 불려 다니고, 또 팀장이나 임원 호출에 수시로 불려 다니고 하다 보면, 진득하게 PC 앞에서 보고서 몇 자 적을 수 있는 시간이 벌써 오후 늦은 시각인 경우가 흔하다.

나 또한 예외는 아니었다.

요즘 MZ 세대처럼 딱히 일과 후 자기계발에 투자할 줄도 모르고 살아온 아날로그 세대라 야근을 밥 먹듯이 했었다.

임원이 된 이후로는 겉으로 보면 비슷하지만, 질적인 측면에서는 한층 더 힘들어졌다.

이때는 누가 시켜서, 누구 눈치 보느라 야근을 하지 않는다. 맡고 있는 일이 일단 어렵기 때문이다. 날로 경쟁 환경이 복잡해지고, 변화의 속도가 빨라져 가고 있기 때문에, 옛날에 경험했던 경험적 지식만으로는 일을 처리해 내는 데 도움이 되기는커녕, 문제를 제대로 따라가지도 못하는 경우가 허다했다.

예를 들어, 2016년 세계경제포럼(WEF, World Economic Forum)에서 회장인 클라우드 슈밥(Klaus Schwab)이 '4차 산업혁명'을 처음으로 주창한 이래, 빅데이터, 인공지능, 사물인터넷 등 미래 기술이 나의 일상의 업무에 직접 스며들어 '새로운 일상'이 될 줄 꿈이나 꾸었던가? 결국, 앞서 찾아보고, 공부 안 하면 못 따라간다는 것이다.

또, 임원은 의사 결정을 하는 사람이다.

가정에서 사소한 의사 결정을 할 때도 부부간에, 자녀들과 충분한 의논을 통해 신중하게 하는데, 회사에서 금전적으로 영향을 주고, 단기적인 회사의 성쇠에 영향을 줄 수 있는 의사 결정을 하는 것이 어디 쉬운 일이겠는가?

이 또한 죽어라 공부하고, 고민하지 않으면 대단히 위험하고, 무책임한 행동으로 연결될 가능성이 크다. 그래서 하루 종일 회의와 면담이 많음은 물론이고, 이를 준비하고, 다시 룸백을 하는 데도 만만치 않은 시간을 쏟아야 하니, "새벽에 별 보고 나와서, 저녁에 별 보고 들어간다."라는 말이 거짓말은 아니었다.

하지만, 기가 막힐 일이 발생한 것이다. 단지, 회사의 퇴직 발령 한 줄이 이런 나의 일상을 180도 바꿔 놓은 것이다.

밤에 잠들 때, 일정 시간 잠을 자야 하는 신체적 리듬 문제 외에는 굳이 정해진 시간에 잠을 청해야 할 이유가 없어진 거다. 나는 초등학교 시절에도 내일의 등교를 위해 늘 정해진 시간에 잠자리에 들었다. "새 나라의 어린이는 일찍 자고, 일찍 일어난다."란 말도 있었지만…. 기억도 흐릿한 어린 시절 이후 사십여 년 지켜 온 '제시간에 자고, 제시간에 일어나기'가 작동하지 않는 새로운 세상에 들어선 것이다.

아침은 더 가관이었다. 아침에 눈을 떠야 할 목적이 사라진 것이다.

임원 생활을 할 때, 몸이 어지간히 좋지 않은 경우를 제외하면, 새벽 다섯 시 반이면 어김없이 눈을 떴다. 그러다 보니, 이 시각쯤 자동으로 눈을 뜨긴 했지만, 일어나야 하고, 씻어야 할 이유를 찾지 못하였고, 괜히 시끄럽게 하다가 아내의 아침잠을 설치게 하면 미안함만이 남는 손해 보는 장사 같아 다시 잠을 청했다.

그러고는 허리가 아파서, 아내가 늦은 아침을 먹자고 깨워서 해가 중천에 뜬 시간에 겨우 자리에서 일어났다. 얼마나 잤는지 매일 허리가 아팠다. 이후, 늦은 아침 겸 점심을 먹고는 밥값은 해야 하니 간단히 집 안 청소를 하는데, 청소를 끝마치면 하루의 미션도 클리어돼 버렸다. 쉽게 말해 딱히 그다음 할 일이 없는 거다.

하루 종일 핸드폰도 광고성 문자 외에는 미동도 없다. 누구도 연락 오는 데가 없었다. 어영부영 해가 지고, 저녁 먹고…, 또 오지도 않는 잠을 청해야 하는 시간이 금방 올 텐데…. 매일 걱정이었다.

철들고 내가 가져 본 것 중, 차고 넘칠 정도로 가장 많은 것이 '지금의 시간'이다.
이 많은 시간을 어찌하면 좋을까?

그 많던 사람은 어디로 갔을까? |

어느 날, 내 핸드폰에 저장된 전화번호 개수를 세어 보니 약 700개 정도가 된다.

평소 연락을 전혀 하지 않는다거나, 다시 볼 일이 없을 것 같은 사람들은 자주 정리를 하는 편임에도 불구하고, 적지 않은 숫자의 연락처가 저장되어 있다.

사실, 지난 28년간 한 직장을 다니긴 했지만, 부서 이동이나 계열사 이동이 많았기에 나름 역마살 낀 시간이었다고 할 수 있다. 과장 승진 이후 약 20여 년간은 평균 2~3년에 한 번꼴로 이동을 했고, 중간에 중국 근무도 두 번이나 나갔다 왔다. 그러니 해외 거래처까지 포함해서 얼마나 많은 사람과 관계하며 살았을까? 어림잡아 적어도 2천여 명은 되지 않을까?

정리하고, 정리한 것이 7백 명 정도 남았다고 할 수 있을 것 같다.

임원이 되고 나서는 평일 점심, 저녁 일정도 모자라, 한겨울과 한여름을 제외한 연중 8개월 정도는 거의 주말을 골프로 대인 관계를 유지하면서 지내 왔다. 심하게 일정이 많을 때는 두세 달 연속으로 토요일과 일요일을 모두 골프장에서 보내기도 했고, 골프가 끝나면 어김없이 술 한잔 기울이는 시간이 더해졌었다.

그러다 보니 언젠가부터 사람에 치인다는 느낌이 들기 시작했다.

만나는 사람들이 모두 내 마음과 같지는 않고, 항상 긴장을 유지해야 하는 관계들이다 보니까 사람으로 인해 몸과 마음이 지쳐 갔던 것 같다. 하지만, 나는 항상 남들 앞에서 이야기할 때도, 무언가 나의 역량이나 커리어를 적을 때도, 이런 폭넓은 대인 관계를 자산이자 무기로 이야기하고, 적어 내곤 했었다.

하지만, 28년의 긴 장정을 끝내고 한 달여 지난 지금, 나에게 예전처럼 함께하는 느낌을 주는 사람이 과연 몇이나 될까?

퇴직 발령 이후 연락이 오거나, 내가 연락을 취해 만난 사람은 실제 세어 보니 대략 스무 명 남짓 되는 것 같다. 정말 나의 퇴직을 안타까워해 주는 동기나 후배, 반대로 내가 이 사람들과는 인생 1부에서의 마무리는 꼭 해야겠다고 선별한 사람들이다.

내가 연락을 많이 안 한 것은 퇴직한 선배가 현직 후배들에게 연락하는 것이 괜히 부담을 줄까 하는 우려 때문이다. 내가 현직이었을 때도, 그분들에게는 죄송한 마음이지만, 퇴직 선배들의 전화가 반갑지만은 않았던 것이 사실이다. 항상 무언가 부탁할 것이 있는 경우가 대부분이었고, 이 기억들이 썩 좋지 않은 느낌으로 남아 있기 때문이다.

임원 생활 후반기에 같이 근무하는 팀장들과 자주 한 말이 있다.

사람을 만나는 게 갈수록 힘들고, 어려워져서 퇴직하면 내 기준으로 대인 관계를 정리하고 싶다고…. 택시 미터기를 한 번 꺾고 새로 시작하는 기분으로. 이렇게 말로 툭툭 던졌던 것을 실제 현실로 마주하니 나의 글재주로는 표현이 안 되는 복잡한 감정들의 응어리가 느껴지는 것 같다.

지난 1월 말, 퇴직 임원들이 나가는 사무실에서 자리를 만들어 준 교육 시간에 나처럼 대기업을 퇴직하고, 유튜브, 강의, 저술 등 왕성한 활동을 이어 나가고 계신 분의 강의를 들었는데, 그분도 퇴직 후 해야 할 세 가지 일 중 하나가 지난 (사회적) 인간관계를 과감히 정리하라는 것이었다. 좋은 기억으로 남겨 두기 위해, 나의 착각으로 상처받지 않기 위해 과감하게 정리하라는 것이었다.

옛말에 "화무십일홍(花無十日紅), 권불십년(權不十年)"이라 했던가?

한때 나 스스로를 큰 권력자인 양, 의기양양 착각하고 살았던 기억에서 빨리 빠져나와 인생 허무함의 진리를 안주로 곱씹으며 쓰디쓴 소주 한 잔 입에 털어 넣으련다….

눈치만이 살길이다 |

일상에서 "눈치를 본다."라는 말은 두 가지 의미가 있다.

하나는, '자신의 생각이나 의사를 감추고, 상대방의 의도에 따라 말하고, 행동하는 것' 정도로 정의할 수 있을 것 같고, 다른 하나는, '상대의 뜻이나 주변 상황을 빠르게 살펴, 먼저 배려하거나 상대로 하여금 편하게 느끼도록 하는 것' 정도가 될 것 같다.

전자는 다소 부정적인 느낌이다. 당당하지 못하고, 주눅 들어 있거나, 도무지 주도적인 면을 발견할 수 없다고 할까? 후자는 사회생활에서 인기가 있는 스타일이다. 결론적으로, 상대를 기분 좋게, 마음 편하게 해 주는 스타일이다.

퇴직 후 집에서 특별한 일 없이 소위 '뒹굴뒹굴'하면서 있은 지도 한참이 지났다. 아내도 "그동안 긴 세월 가장으로서 고생했는데, 일단 푹 쉬도록 해~"라는 따뜻한 격려의 말을 해 주었기에 이 '뒹굴뒹굴'도 나름 의미를 부여받은 가치로운 일상일 수 있었다.

하지만, 집에서 TV를 보면서 이런저런 잡동사니를 접하게 되니, 문득 긴장감이 생기게 되는 것 같았다. 은퇴 후 부부 사이가 안 좋아지는 경우가 많고, 그 원인으로 호르몬 변화에 의한 신체적 변화라는 이유도 있지만, 아내 입장에서는 자신이 주도권을 쥐고 생활하던 자신의 생활공간에 어느 날 갑자기 불쑥 침입자가 발생해 왠지 불편함을 느끼게 된다는 이야기를 듣고 나서는 정신이 번쩍 들었다.

'정말 그렇겠구나….'

그래서인지 아내는 이따금 나에게 외출 계획이나, 일정을 확인하곤 했었다. 그땐 내가 하루 종일 집에 있으니 안쓰러워 보여서 그런 줄 알았는데, 그게 아니라 자기 일정 계획을 세우기 위한 목적이었던 것이다. 사실, 친구도 만나야 하고, 학부모들과 교류도 해야 하고, 무언가 배우러도 나가야 하고…. 그런데 삼시 세끼 밥 챙겨 주어야 하는 사람이 떡하니 집에 들어앉아 있으니 본인 일정과 생활 리듬을 예전처럼 되돌리기가 쉽지 않았으리라….

큰일은 아니지만 해야 할 무언가를 찾아보기로 했다.
정말 제한적이긴 하지만, 만나야 할 사람들을 찾아 가끔 외출 약속을 잡았고, 아내에게 미리 알려 줬다. 아내도 그날 약속을 잡든, 어쨌든 밥하지 말고 편하게 있으라고.

그리고, 집 안에서도 사소한 것들을 찾아보았다.

우선, 매일 집 청소를 하는 게 가장 손쉬운 일이었다. 이제 알 것 같았다. 생활 가전으로 유명한 '다이슨'이 몇 년 전 청소기 광고를 하면서 남자들이 좋아할 수 있게 만들었다는 광고 카피를 넣은 이유를….

매주 돌아오는 아파트 재활용 수거의 날은 내가 거의 일 등으로 나갔다. 관리하시는 아저씨께서 마대와 봉투를 펼치기 시작하시는 시간에 내려가 분리수거를 했다. 한 달이 지났을까? 관리하시는 아저씨와 어색함이 없어져 가볍게 대화까지 하는 사이로 발전하였다.

아내와 둘이 밥을 먹은 후에는 별일 없으면 아내가 좋아하는 산책을 하러 나갔다.
바쁘게 일하던 시절에는 틈만 나면 누워서 쉴 궁리만 했었다. 운동 좀 하라고 잔소리를 들어도 당당하게 "너무 피곤해~ 쉬고 싶어~" 하고 말았지만, 이제는 내가 먼저 "산책 갈까?" 하고 강아지 꼬리 흔들 듯 유혹을 했다. 당연히 산책할 때는 손도 꼭 잡는 것을 잊지 않았다.

집에 있는 시간이 많아지다 보니 아이들과 같이 있게 되는 시간이 자연스럽게 늘어났다. 이제는 아이들 모두 철든 나이라 나에게 가끔 뜬금없이 묻곤 했다. "아빠, 요즘 괜찮아…?" 일을 그만두게 된 아빠가 안쓰

러워 보임도 있을 것이고, 하루 종일 빈둥거리고 있으니 걱정돼 보이기도 했을 것이다. 요즘 MZ 세대인 아이들과 시간을 제법 보내다 보니 터득한 노하우 하나가 있다. '불가근불가원(不可近不可遠)'이다. 관심과 애정도 딱 지켜야 할 선이 있는 것이다. 너무 다가가도 "Too Much!"라는 경고의 시그널이 어김없이 울렸고, 소위 '츤데레'처럼 적당히 툭툭 애정을 표현해 주어야 좋아하는 것이다.

주는 밥 먹고, 아내의 눈을 피해 뒹굴뒹굴하던 '소극적 눈치 보기'를 이제 겨우 조금씩 벗어나고 있는 느낌이다. 배려와 상대방의 마음이 편할 수 있도록 '눈치 빠르게 행동'하는 것이 무엇인지를 찾아가기 시작했기 때문이다.

대기업의 이모저모

1. 대기업의 구조

'대기업(大企業)'은 일반적으로 자본금이나 종업원 수의 규모가 큰 기업으로, 정치, 경제, 사회, 문화적으로 큰 영향력을 미치는 대규모 기업을 말한다.

대기업이라는 용어는 법적으로 정확하게 정의되어 있지는 않으나, 우리나라에서는 '공정거래위원회'가 지정하며, 근거로는 〈독점규제법〉에서 정하고 있는 자산총액 5조 원 이상인 공시대상 기업집단과 10조 원 이상인 상호출자제한 기업집단을 포함하고 있다.

대기업은 우리나라에서는 일반인들에게 소위 '재벌'이라는 이미지와 동일시된 경향이 강한데, 내부 구조를 들여다보면 비교적 Tight한 '상호견제와 균형'이 자리 잡고 있음을 알 수 있다.

▮ 이사회
기업 내부에서의 실질적인 최고의사결정기구이다.

〈상법〉에 근거하여 설치·운영되는 이사회에서는 기업 내 가장 중요한 의사결정을 최종적으로 실행하고, 이에 대한 책임을 지는 역할을 한다. 〈상법〉에 이사회가 결정하여야 하는 사항에 대하여 정하고 있다.

이러한 이사회의 중요성에 따라, IMF 사태 이후 국내 도입이 확산되어 지금은 자연스러운 형태로 자리 잡고 있는 것이 '사외이사 제도'이다.

사외이사 제도는 회사의 경영진에 속하지 않는 이사로서, 대주주와 관련이 없는 외부 전문인사를 이사회에 참가시켜, 대주주의 독단 경영과 전횡을 사전에 차단하는 역할을 한다. 최근에는 사내이사[1]와 사외이사의 수를 동수로 가져가는 경향이 우세하다.

❷ 주주총회

형식상으로는 최고의사결정기구이다. 주주 전원에 의하여 구성되고, 회사의 기본조직과 경영에 관한 중요한 사항을 의결한다.

그러나, 상장회사의 경우 주주총회가 실질적인 역할을 한다고 볼 수 있으며, 〈상법〉에서 '이사회'와는 의결사항에 대해 다소 차별적으로 정의하고 있다.

---

1) 회사의 경영진에 속하는 이사로서, 보통 CEO 및 최고재무책임자(CFO)나 전략·기획총괄임원이 담당한다.

③ 등기임원과 집행임원

등기임원은 위 이사회의 멤버로 사내이사 역할을 수행하는 사람들을 말한다. 이들에 대한 최종 선임은 주주총회의 의결을 통해 이루어지며, 법인등기부등본에 '등기'해야 한다. 이들은 회사의 주요 의사결정의 영향이나 결과에 대해 책임을 진다.

집행임원은 등기임원을 제외한 회사 경영진을 말하는 것으로, 대부분의 임원이 이에 해당된다. 집행임원들은 주주총회 및 이사회 결정사항을 '집행'하는 역할을 수행하며, 이를 위한 일상에서의 의사결정 및 이 범위내에서의 책임을 지는 사람들이다.

④ 내부 조직구조

대표이사/CEO 산하에 집행임원들에게 '의사결정 권한 및 책임의 크기'에 따라 조직을 단계적으로 부여하며, 과거에는 부사장-전무-상무-상무보 등의 구분을 기준으로 조직을 구성하였으나, 최근에는 부문장-본부장-실장 등 '직책'을 기준으로 조직을 구성하는 추세이다. 산하에는 팀-그룹 등의 실행 조직을 둔다.

⑤ 주요 업무

회사의 업종, 규모 등에 따라 다양한 업무가 존재한다.
일반적인 제조업을 기준으로 들여다보면, 대부분 'Staff 기능', '제조 기능', '연구개발 기능', '마케팅 기능' 네 가지의 축으로 구성되어 있다. 예를 들어, 반도체는 아무래도 연구개발 기능이 크고, 강하게 조직되어 있는 경향이 강하고, 자동차는 제조 기능, 금융투자업은 Staff 기능이 강하게 조직되어 있는 경향이 강하다.

Staff 기능에서는 전통적인 인사, 재무, 기획, 법무, 홍보 기능 등이 있으며, 최근에는 '이해관계'의 확대에 따라 'ESG(Environmental, Social, Government) 기능'이 확대되고 있는 추세이며, 제조에서는 'SHE(Safety, Health, Environment) 기능'이 확대되고 있는 모습이다. 연구개발에서는 시대적 요구와 상황이 '미래의 먹거리'를 선점하지 못하면 기업의 지속 발전과 존속이 위협받는 일이 많아 '선행연구 기능'이 점차 확대되는 경향이 강하다.

| 2부 |

하, 인생이
생각보다 길구나

'**퇴직**'이란 짱돌을 맞고 방황한 지도 어느덧 두 달여 시간이 지나가고 있었다.

나 자신도 우선은 아무런 생각 없이 좀 쉬어야겠다 계획했었고, 아내 또한 "그동안 우리 가정을 위해 고생 많았어. 당신은 충분히 쉴 수 있는 자격이 있고, 그래서 당분간 마음 편하게 쉬었으면 좋겠어~"라는 응원과 격려를 보내 준 터라, 어떻게 보면 '합법적(?) 빈둥거림'을 허락받고, 나름 즐기고 있었다.

하지만, 지난 두 달여의 생활을 돌이켜 보니, 나의 기억력이 닿는 어린 시절 이후 처음 겪어 보는 생소한 경험투성이였다.

우선, 아침에 눈을 떠야 할 이유가 없었다.
사람이 보통 시간이 정해진 일이 있어야 아침에 눈도 뜨고, 시간에 맞

췄 움직이기 시작하는데, 이건 눈을 다시 감아도 아무런 문제가 생기지 않는 날의 연속이라 신기하기도 하고, 불편하기도 한 것을 반복하다가 점점 익숙해져 가고 있는 상황이었다.

반대로, 밤에 제시간에 잠자리에 들어야 하는 이유 또한 없었다.

회사 생활, 임원 시절은 말할 것도 없을뿐더러, 초등학교 시절부터 그날의 숙제, 내일의 준비물과 함께 책가방까지 싸 놓고 항상 잠이 들었던 'ISTJ'인 내가 밤에 딱히 챙길 것도, 다음 날을 위해 미리 생각할 것도 없어진 것이었다. 거기다 제시간에 굳이 잠을 청해야 할 필요성도 없어진 것이고.

'딱히 할 일'은 말할 것도 없고, '딱히 갈 곳'이 없는 기분을 느껴 본 적이 있었던가?

하루 종일 아내의 친절한 통제에 따르는 것 외, 내가 주도적으로 하는 일이 모두 사라져 버렸다. 밥 먹자 하면 군소리 없이 밥 먹고, 산책 가자 하면 후다닥 옷 갈아입고 따라나서고, 집이 좀 지저분한데 하면 말 떨어지기가 무섭게 청소기 돌려 주고….

일부러 먼저 회사 동료나 후배들에게 전화를 걸지 않았다.

'정말 이 친구들과는 훈훈하게 마무리해야 하겠다.'라는 소수의 사람들을 제외하고는 일절 전화를 걸거나 연락을 취하지 않았다.

그러다 보니 하루 종일 '딱히 갈 곳'이 없어진 것이다.

하루 산책 두 번과 가끔 마트에 장 보러 따라 나가는 것 외에는 직사각형의 시멘트 공간 안에서 빙글빙글 돌고 있었던 거다. 아니, 솔직하게는 밥 먹으러 일어났다가 다시 대부분 침대에서 매트리스와 한 몸이 되어 살고 있었다.

머릿속은 어땠나?
불쑥불쑥 치밀어 오르는 '분노와 억울함', '혼돈과 희뿌연 불확실함', '무기력함' 등 수많은 네거티브 감정들의 소용돌이 속에서 헤어 나오지 못하고 있었다.

하지만, 제법 짧지 않은 인생을 살아오면서 내가 가지고 있는 믿음 하나.
"사람이 궁지에 몰려도 그대로 죽으라는 법은 없다!"

드디어 1월 말에 딸아이의 승전보가 들려왔다.
원하던 대학교, 원하던 학과에 합격한 것이다.

요즘 학부모들 사이에서는 대학교 재수를 '징역 1년, 벌금 5천만 원의 중형'이라고들 농담을 한다. 물론 금전적인 부담도 있었지만, 나 하나 헤쳐 나가야 할 일이 많은 시간에 딸아이까지 재수를 하고 있으면 집안 분위기가 어떨까? 부담을 많이 느끼고 있었기에 딸아이의 합격 소식은 몸에 묶고 있던 무거운 돌덩어리 하나를 풀어 버린 느낌이었다.

'무언가 앞으로 좋은 일들이 생기기 시작할 신호탄일 거야.'

나의 머릿속에 '긍정'의 단어가 이 무렵부터 다시 싹을 틔우기 시작했던 것 같다.

아무런 생각 없이 터덜터덜 동네를 산책하던 나에게 주변 사람들이 꼼꼼히 눈에 들어오기 시작한 것도 아마 이 무렵인 것 같다.

여자분들은 연령층이 다양했다.

산책하는 사람들 중에는 중년과 노년의 어른들도 많았지만, 육아로 인해 집에 계신 젊은 여자분들도 적지 않았다.

하지만, 남자분들은 상황이 조금 달랐다.

대부분 백발이 성성한 노년의 어른들이셨고, 어떤 분들은 씩씩하게, 어떤 분들은 조금은 힘겹게 발걸음을 내딛고 계신 모습을 볼 수 있었다.

어느 날, 문득 돌이킬 수 없는 생각이 머릿속을 스쳐 갔다.

'지금 이렇게 그냥 시간을 보내며 산다면 저분들처럼 앞으로 이십 년은 족히 이 생활을 해야 할 텐데…, 이게 맞는 건가?'

대한민국 통계청 발표에 따르면, 2022년 기준 한국 남성의 평균수명은 81.1세, 여성은 86.7세라고 한다. 보통 돌아가시기 전 사오 년은 몸이 아프다고 가정할 경우, 남성의 경우 대략 75세까지는 활동을 할 텐데, 나에게는 대략 이십 년의 시간이 남아 있는 것이다. 평생 해 온 것같이 느껴졌던 직장 생활이 이십팔 년이니까, 앞으로 남은 이십 년도 무시하지 못할 정도로 긴 시간이라는 생각이 들었다.

이제 겨우 전반전이 끝나고, 잠깐 휴식 시간에 머물고 있는 것이고, 다시 시작할 후반전을 준비해야 하는 시간이라는 너무나도 당연한 깨달음이 머릿속에 콱 박힌 것이다.

'하, 인생이 생각보다 길구나….'

내 머릿속의 지우개 |

많은 분이 비슷할 거라 믿는다.

나는 회사에서 일을 할 때도, 일상에서 여러 일이 동시에 발생했을 때도, 항상 순서를 먼저 생각하고 일을 정렬한다. 그래야 주어진 시간과 내 능력 범위 내에서 효율적으로 일을 처리해 내는 것이 가능해지기 때문이다.

더 나아가, 단순히 일의 순서 문제 차원이 아니라, 난이도 높은 어려운 문제들이 한꺼번에 닥쳐 숨이 꽉 막혀 버린 상황에서는 늘 심호흡을 하고, 마음을 가다듬어 본 후 '기본'이 무엇인지를 먼저 찾아본다. 그리고는 가까스로 순서를 정해 하나하나 정리해 나가곤 했다. 소위, 힘들고 어려울 때는 'Back to the Basic'을 항상 먼저 떠 올리고, 실천하는 것이다.

최근, 나는 많이 어렵고 힘들다.

미처 정리하지 못한 다양한 감정들, 이런저런 일들, 많은 사람과의 관계 등이 한꺼번에 뒤섞여 있는 지금 나의 머릿속, 마음속으로부터 어떻게 '평정'을 찾고, '새로운 출발'을 할 것인가. 섣불리 엄두가 나지 않고 있는 것이 사실이다.

하지만, 이 혼란의 응어리들을 계속 마음속에 담고 가기에는 이제 슬슬 지치고, 부담을 느끼기 시작한 것도 사실이다.

그렇다.

다시 'Back to the Basic' 해서 무엇을, 어떻게 시작할 것인가? 하나하나 정리해 볼 시간이 온 것이다. 내가 할 수 있는 다른 방법은 아는 것이 없어 달리 선택의 여지가 없는 것 같다.

어지러운 집 청소를 할 때도 순서가 있다. 우선, 비우거나 버릴 것을 먼저 찾아 치우는 것이다.
'그래, 우선 버릴 것은 버리고, 비울 것은 비우자.'

지난 28년의 긴 여정의 끝에 전혀 '배려가 없는 버림'을 받고 나니, 지금은 지난 세월 전체를 부정해 버리고 싶고, 이 세월의 기억을 전부 어디다 처박아 버리고 싶은 감정으로 가득 차 있다.

하지만, 곰곰이 생각해 보면, 그 속에는 많은 추억이, 행복하고 아름다운 기억들이, 소중했던 성취감의 뿌듯한 시간들이 곳곳에 흩뿌려져 있기도 하다. 아울러, 내가 부단한 노력을 통해 만들어 온 나름 전문성이 묻어 있는 '한 개인의 다큐멘터리'이기도 하고….

마치, 술을 제조할 때 고두밥을 쪄서 누룩으로 발효시킨 '술지게미'와 같은 지금의 감정 덩어리를 어떻게 '맑은 술'과 '찌꺼기'로 다시 분리해 낼지가 지금 내가 해야 할 중요한 일인 것 같다. 아까운 '술지게미'를 통째로 다 버려 버릴 수는 없지 않은가?

지금은 소박하게 시작하지만, 지난 시간의 좋은 기억들은 글로 써 나가며 기록을 해 나가겠다고 다짐을 했다. 나 개인의 중요한 삶의 기록을 남기는 의미 외에도, 내가 공부하고 경험한 '무형의 자산'을 '유형의 자산'으로 전환하여 도움이 될 수 있는 분들에게 공유할 수 있도록 하는 '내 인생 전반전의 의미'를 만들어 가고자 한다.

그리고, 정말 나에게 남겨진 몇 안 되는 소중한 사람들과는 계속 좋은 인연을 유지해 나가리라 다짐을 해 본다.

그리고 나머지는 과감하게 '내 머릿속의 지우개'로 지워 버리려고 한다.
떠난 회사에 대해 부정적인 감정을 계속 이야기한다는 것은 아직 '미련'이 남았다는 방증이고, 동시에 '찌질함'이라 생각한다. 남녀 간에 사랑하다 헤어져도 깔끔한 마무리가 좋지 않을까? 굳이 과거의 많은 사람과 억지로 만날 필요도 없을 것 같다. 오히려 잘 정리된 감정들이 다시 흐트러질까 두렵기도 하기 때문이다.

　2004년에 개봉한 로맨스 영화 〈내 머리속의 지우개〉에서 수진(손예진 분)은 우연히 만나게 된 철수(정우성 분)를 많이 사랑하게 되지만, 자신이 가진 병이 '건망증'이 아니라 점점 '뇌'가 죽어 가는 깊은 병임을 알게 되고, 결국 사랑하는 철수를 놓아주기 위해 모르는 사람처럼 대하기 시작한다…. 젊은 날 보았던 가슴 시린 한 폭의 로맨스 영화다.

　나도 마음이 많이 아프지만, 내 기억 속의 '나의 회사'를 이제 놓아주려고 한다.
　'내 머릿속의 지우개'로 깨끗이 지워서….

위기와 기회의 양면성 |

'회복탄력성(Resilience)'이란 개념이 있다.

조금씩 다른 정의가 있지만 쉽게 정리해 보자면, "자신에게 닥치는 온갖 역경과 어려움을 오히려 도약의 발판으로 삼는 힘이다." 다른 말로 흔히들 '마음의 근력'이라고도 한다.

이 회복탄력성이 높은 사람들은 어떤 위기나 고난에 처해도, 그 위기와 고난에 대해서 긍정적인 의미를 부여하고, 긍정적으로 스토리텔링을 할 줄 알며, 결국에는 재도약의 발판으로 만들어 버리는 힘을 가지고 있다고 한다.

임원 재직 시절 많은 시간을 인사 업무를 수행하였던 나는 이 개념을 어느 정도는 알고, 업무에 활용도 하곤 했었다. 하지만, 지금 생각해 보면, 나에게 뼛속 깊이 내재화되지 못한 한 조각 지식을 가지고, 마치 내가 전문가인 양 떠들었다는 부끄러운 생각이 앞서는 것이 사실이다. 실제,

나 스스로가 지금과 같은 힘든 시기에 막상 처하고 보니, 그 어둠의 터널 속에서 헤어 나오지 못하고 있기 때문이다.

그러던 어느 날, 서점에서 《회복탄력성》이란 책 제목이 눈에 크게 들어왔고, 주저 없이 구매하여 그날 저녁 단숨에 읽어 내려갔다. 책 한 권을, 그것도 나름 전문 서적을 쉼 없이 단숨에 완독(完讀)해 버린 게 언제인지 기억이 나지 않을 정도로 실로 오랜만의 일이었다.

"아, 일할 때 제법 떠들고 다녔었는데, 왜 이걸 잊어버리고 있었지?"

지난 28년의 직장 생활을 통해 나에게는 차곡차곡 쌓아 올려 온 나름의 철학이 있었다. 힘들 때나, 소위 잘나갈 때 두 경우 모두 '이 시간은 절대 길지 않을 거야, 절대…'라는 믿음을 잃지 않으며, 힘들 땐 좌절하지 않고, 잘나갈 땐 거만하지 않고, 항상 '일정 선'을 지키며 살려고 노력했었고, 다행히 그 믿음은 항상 기대를 저버리지 않았다.

또 다른 하나는, 후배들에게 많이 했던 말인데, 긴 직장 생활에서 롱런하려면 매사 좋은 일과 나쁜 일 모두에 대해 자기만의 고민을 통한 나름의 의미를 부여하라는 것이었다. 그래야만 자신의 목표를 향해 긴 여정을 해 나가는 과정 속에서 흔들리지 않고, 일어나는 수많은 일을 이겨 내고, 극복해 나갈 수 있다고.

최근 MZ 세대 구성원들을 중심으로, 주로 상사가 힘들어서 그만두겠다는 경우가 빈번했었고, 그때마다 이 생각을 들려주곤 했었다.

그랬던 나였는데….

내가 막상 퇴직이라는 상황에 처하고 보니, 이 생각을 잠깐 놓치고 있었던 것이다. 어느 정도 혼란스러웠던 머릿속은 인수분해의 과정을 거쳐 '남기고 유지할 것'과 '버릴 것'을 분리해 낸 상황이라, 이제 나의 마음속 저 밑에 가라앉아 있는 나의 '회복탄력성'을 끄집어낼 시간이 된 것이다.

지금의 상황에 대해 긍정의 의미를 부여해 보기로 하였다.

첫째, 건강 문제이다.
작년에 누적된 스트레스로 일종의 공황장애 증상이 생겨 정신건강의학과에 다니며 상담과 약물 치료를 해 오고 있었다. 공황장애라는 질병에 대해 잘 알지도 못했고, TV에 나오는 '연예인 병' 정도로 알고 있던 질환이 나에게 찾아온 것이었다.

나는 '폐소공포증' 형태로 발현이 되었는데, 살면서 수도 없이 탔던 비행기를 못 타게 되었고, 심할 때는 집에서 방문을 닫고는 잠을 못 잘 때도 있었다. 그런데, 막상 회사를 그만두고, 어느 정도 시간이 흐르고 나니 증상이 호전되기 시작했고, 이제는 약물 치료도 중단한 상태이다.
"웃픈 일이다…!"

둘째, 인생이라는 여정을 놓고 볼 때, 누구나 예외 없이 인생 후반전을 거쳐야 하고, 그래서 이를 준비해야 하는데, 그런 측면에서는 에너지와 열정이 남아 있는 지금이라도 바깥세상으로 나온 게 얼마나 다행인지 모르겠다는 생각이다.

"땡큐~ 일찍 내보내 줘서~!"

셋째, 요즘 점점 행복을 알아 가고 있다.

평일에 활동하는 즐거움도 알아 가고, 아내와의 많은 대화와 함께 보내는 시간, 무엇을 하든 시간에 쫓김 없이 여유가 있는⋯. 골프도 주말이 아니라 평일에 친다. 교통도 여유가 있고, 가격도 저렴하다. 소위 'PGA(평일골프협회)' 회원이 된 것이다. 살면서 철들고는 처음 느껴 보는 재미난 것들이다.

"앞으로 겁나게 행복해질 것 같은데~!"

이제, 하고 싶은 것을 하고 살자! |

인생을 살면서 자기가 좋아하는 일을 생각해 보고, 정확히 알고 있으며, 나아가 실천하고 있는 사람이 얼마나 될까?

컬럼비아대학교 사회심리학자 토리 히긴스는 우리에게는 '실제적 자아', '이상적 자아', '당위적 자아'라는 세 가지의 자아가 있다고 하였다.

실제적 자아는 말 그대로 현재 우리가 소유하고 있는 속성들을 한데 묶어 놓은 덩어리다. 실제의 나 자신 그대로의 모습이다.

이상적 자아는 우리가 될 수 있다고 믿는 자아, 즉 우리의 희망, 소망, 꿈이다.

마지막으로 당위적 자아는 우리가 마땅히 그래야 한다고 믿는 자아, 즉 우리의 의무, 약속, 책임을 말한다.

남의 이야기를 할 필요도 없이 나의 살아온 인생을 한번 되짚어 보자.

초등학교(당시 국민학교) 입학 이후, 학창 시절 내내 부모님과 선생님의 쏟아지는 기대와 가르침에 늘 당위적 자아는 그 자체로 나의 목표였고, 일상은 실제적 자아와 괴리를 좁히기 위한 허덕거림의 역사였다. 좋은 말로는 '노력'이라 해 두자.

이후, 직장에 들어가고, 결혼을 하고, 자녀를 낳아 기르고…. 숨 가쁘게 살아오는 과정에서 '유능한 직원', '유능한 리더', '훌륭한 남편', '자상한 아빠'…. 오히려 더 많은 당위적 자아에 파묻혀 살았고, 특히 직장에서는 실제적 자아와의 괴리를 느낄 때마다 많이 힘들어하고, 괴로워했던 것 같다.

이제 결코 짧지 않은 시간이 지났고, 퇴직까지 한 중년이 된 지금, 나에게는 과연 이상적인 자아가 존재했던 적이 있었던가? 그동안의 나에게 '꿈'이란 것이 있었던가? 아니, 꿈이라고 할 것도 없이, 최소한 '내가 좋아하는 것', '내가 하고 싶은 것'이라도 있었던가?

물론, 이런 생각을 하는 것도 먹고사는 데 여유가 있어야 하는 것 아니냐고 말하는 분들이 있을 수 있다. 나도 그 지적에 대해 부정할 수도, 부정하고 싶지도 않다. 하지만, 먹고사는 데 여유가 있다고 하는 것은 사람마다 기준이 천차만별인 대단히 주관적인 영역의 문제라고 생각한다.

예를 들어, 100억을 가진 사람이라면 여유롭게 놀면서 인생을 즐겨야 하는데, 100억을 200억으로 만들기 위해 끊임없이 노력하는 경우도 있

을 것이고, 마땅히 집 한 채 없이 살아도 평소 자신의 소신대로 좋아하는
일을 하면서 소박하게 사는 경우도 있을 수 있다.

나는 내 인생의 평균값을 '나름 멋있게 산 인생'으로 만들고 싶다.
인생 전반전은 수많은 당위적 자아를 실천하며 살아왔기에, 인생 후
반전은 나의 이상적 자아를 찾고, 뒤늦게 찾은 꿈을 좇아 실천하는 삶을
살고자 한다.

최소한 집에 세 명의 응원군이 있으니, 그리 외롭거나 힘들지는 않은
여정이 될 것 같다.

루틴(Routine)의 회복 |

'루틴(Routine)'이라는 단어의 사전적 의미를 찾아보면, 크게 세 가지의 의미를 가지고 있다.

첫째, 정보통신 분야에서 특정한 작업을 실행하기 위한 일련의 명령을 말한다.

둘째, 체육 분야에서 운동선수들이 최고의 운동 수행 능력을 발휘하기 위하여 습관적으로 하는 동작이나 절차를 말한다.

셋째, 일상, 틀에 박힌 일을 의미한다.

나의 경우에는 골프 칠 때와 일상에서 이 루틴이라는 단어를 자주 쓰는 편이다.

예를 들어, 골프장에서는 많은 루틴이 있지만, 티잉 구역(Teeing Area)에 올라가면 우선 티를 꽂고, 뒤로 물러서서 방향을 결정한 뒤, 빈

스윙을 천천히 한 번 하고는 준비 자세에 들어간다. 항상 잊어버리지 않고 그대로 되풀이해야 좋은 샷을 얻을 수 있기 때문이다.

일상에서의 루틴은 나를 포함해 직장 생활을 해 본 사람이라면 너무나도 익숙한 개념이다. 누구나 예외 없이 하루를 보내는 각자의 루틴이 있기 때문이다. 그때그때 조금씩은 달라질 수 있지만, 큰 틀에서는 항상 일정한 루틴이 반복되는 생활 속에서 사는 것이다.

나는 28년이라는 시간을 한 직장에서 루틴을 반복하며 살아왔다.
조금 과장되게 표현하자면, 수면과 같은 무의식의 순간에서도 반복할 수 있을 정도의 루틴이 몸에 박혀 있는 것이다.

이 루틴에 대해, 사람에 따라서는 긍정적인 시각으로 말하는 사람도 있을 것이고, 반면 매우 부정적인 시각으로 이야기하는 사람도 있을 것이다.
전자는 나처럼 루틴을 '삶을 움직이게 하는 원동력' 정도로 생각한다고 볼 수 있을 것 같다. 아침에 눈을 뜨고는 촘촘히 배치된 수많은 '해야 할 일'들이 결국 나를 움직이게 하고, 살아 있음을 느끼게 하고, 그 결과물로 경제적 보상, 심리적 보상을 받으며 살아가는 것이다.

반대로, 후자의 경우는 소위 '다람쥐 쳇바퀴 돌 듯'이라는 말과 동일한 느낌으로 받아들이는 경우이다. 벗어날 수 없는 굴레, 영원히 벗어날 수 없을 것만 같은, '나'라는 자아가 상실된 '타인'이 만들어 놓은 공간을 빙글빙글 도는 느낌이 아닐까 생각한다.

어쨌든, 나의 경우에는 이 루틴을 굉장히 즐기며, 긍정적으로 직장 생활을 한 편에 속한다.

그런데, 이처럼 중요한 루틴이 퇴직 이후 완전히 사라져 버린 것이다. 의식과 분리돼서도 몸이 알아서 움직여야 하는데, 몸이 움직여야 할 고정되고, 반복되는 일이 없어진 것이다. 막상 닥치고 보니 상당히 고통스러운 일이란 것을 알게 되었다.

비슷한 시기에 퇴직한 동료, 선배들의 입에서도 한결같은 이야기를 들을 수 있었다. "잃어버린 루틴을 찾아야 한다.", "루틴이 없어 불편하다."라고.

우선, 늦잠부터 고치기로 했다.

아침 여섯 시, 고등학생인 둘째 아이 일어나는 시간에 맞춰 일어나기로 했다. 과감하게 이부자리도 정리해 버리고. 가벼운 산책 후, 샐러드 위주의 가벼운 아침 식사를 하며 아내와 이런저런 이야기를 나누고, 커피도 한잔 즐긴다.

그리고 가방을 챙겨, 집을 나서 퇴직 임원 사무실로 향한다. 대부분의 대기업은 퇴직한 임원들이 교류도 하고, 재취업 준비, 기타 업무를 볼 수 있는 사무 공간을 제공해 준다. 회사를 그만두고 난 후 유일하게 회사에

고마운 것이 이 사무실이다. 사무실에 나와서는 너무나도 익숙했던 루틴과 비슷한 시간을 보낼 수 있다. 책도 보고, 어학 공부도 하고, 글도 쓰고, 동료들과 가벼운 교류도 하고.

하루를 이렇게 보내며, 해가 진 후 집으로 향하는 발걸음에서 비로소 다시 살아난 느낌을 느낄 수 있다. 평생 살아온 습관을 한순간에 버리는 것은 힘든 것 같다.

내 친구는 담배를 끊기 어려운 이유를 루틴으로 설명한다. 언뜻 들어 보면 궤변만은 아닌 듯해서 솔깃한 구석도 있다. 예를 들어, 담배 한 개비를 피우기 위해 대략 열 번 정도 입에 댄다고 할 경우, 하루 한 갑을 피우면 이백 번을 입에 가져갔다, 내려놓기를 반복하는 결과가 된다. 그 행위를 일 년, 이 년, 십 년, 이십 년… 해 보라. 대략 몇 회라는 계산이 나오는지. 그러니 그 무서운 습관을 버리지 못해 담배를 못 끊는다는 것이다. 나름대로 일리가 있는 것 같다.

어쨌든 직장 생활을 오래 한 사람이라면 늘 자신에게 맞는 루틴을 찾아 생활에 생동감을 불어넣고, 자신이 살아 있음을 느끼며 뿌듯해하는 것이 중요하다.

오십 중반에 다시 읽는
《논어》와 《손자병법》

인문학, 고전….

거창한 수식어를 동원하지 않아도, 우리는 어릴 때부터 《논어》와 《손자병법》에 익숙하다. 유교적 문화권인 우리나라에서는 일상에서 이를 직간접적으로 접할 기회가 많기 때문이다. 나도 회사에서 힘든 시기가 닥쳤을 때, 몇 번 읽어 보며 마음을 다잡곤 했던 기억이 있다.

시중 서점에 나가면 《논어》와 《손자병법》은 수많은 저자와 역자들이 나름의 방식대로 해석해 놓은 책들이 즐비하다. 그런데, 그중에는 '오십에 읽는…'이라는 수식어가 붙은 책들 또한 여러 종류가 나와 있어 눈길을 끈다.

'오십에 읽는…'의 의미가 무엇일까?

실제 통계가 보여 주는 평균수명이 80대를 훌쩍 넘기고 있고, 흔히들 '100세 시대'라 일컫는 지금 '오십'은 딱 중간 정도 지점이다. 물리적으로 살아온 날도 결코 짧지 않은 반면, 앞으로 살아가야 할 날들 또한 만만치 않은 나이다.

사회적으로는 줄곧 앞만 보고 달려온 직장 생활을 접고, 이제 인생이 무엇인지 처음으로 진지하게 돌아보는 시기이기도 하다.

가정에서는 성장한 자녀가 대학에 다니면서 목돈을 소비하고, 빠른 경우는 결혼을 준비하느라 경제적으로 부담을 느끼고 있는 시기이기도 하다.

젊고 아름다운 시절 만나 뜨거운 사랑을 했던 부부는 이제, '월, 화, 수, 목, 금, 토, 일' 요일이 적혀 있는 약통 하나쯤은 각자 보유하고 있고, 이런저런 건강관리를 위해 돈을 소비하는 폭이 커지고, 자칫 갱년기의 터널에 빠져들까 노심초사해야 하는 시기이기도 하다.

공자는 '사십'을 '불혹(不惑)'이라 하여 '흔들림이 없는 나이'라 하였고, '오십'을 '지천명(知天命)'이라 하여 '하늘의 뜻을 깨닫는다' 하였지만, 지금 오십 중반이 된 나는 하루가 멀다 하고 마음이 흔들리고, 그동안 죽어라 일했지만 아직도 아이를 키우고, 먹고사는 문제로부터 자유롭지 않으니 어찌 된 일일까? 비단 나만의 문제는 아닐 것이라는 확신에서 다소 위안을 삼는 정도로 마음을 다스릴 수 있을 것 같다.

지난 인생 전반전은 회사라는 울타리 안에서 소위 '깡'만 가지고 앞만 보고 달려온 것 같다. 그렇게 달리기만 해도 회사라는 울타리가 나를 보호해 주고 있었던 것이다.

이 평범한 사실을 퇴직하고 비로소 깨닫게 되었다.

어지간한 실수를 해도 신분이 보장될 수 있었고, 나날이 발전해 가는 나의 '명함'은 나의 사회적 신분을 말해 주었다. 신용카드를 만들고, 은행 대출을 받는 것이 그리 어려운 일이 아니었다.

아이들은 아빠 직업을 이야기할 때 고민 없이 당당하게 써낼 수 있었다.

이제 인생 후반전을 시작하는 나의 상황은 완전히 달라졌다.

오롯이 나 자신의 힘으로 남은 시간을 만들고, 개척하고, 살아가야 하는 것이다. 솔직히 두렵다고 말하지 않는다면 거짓말일 것이다.

이제 혼자의 힘으로 살아가야 하는 남은 시간에 가장 중요한 것은 무엇일까?

울타리가 없기에 나 혼자서도 흔들림 없이 일정한 방향으로 나아가려면 나만의 '철학'이 필요한 것이다. 그런 측면에서 《논어》는 '내가 어떠한 사람'이어야 할지에 대해 길을 가르쳐 주고, 《손자병법》은 '어떻게 행동하고, 헤쳐 나갈지'에 대한 행동 지침을 알려 주는 것 같다.

'오십에 읽는…'에 대한 의문이 어느 정도 풀린 느낌이다.

이제 나만의 '철학'으로 단단한 사람이 되자.
그리고, '내가 하고 싶은 일'을 하면서 인생 전반전에 못다 한 '나의 꿈'을 실천하면서 살아 보자.

물론, 그동안 묵묵히 나를 응원하고, 곁을 지켜 준 나의 가족들과 함께.

대기업의 이모저모

2. 대기업 입사

우리나라에서는 보통 대학을 졸업하면 많은 졸업자가 기업에 취업을 한다. 취업을 하는 졸업자들에게 대기업은 선호도가 높은 직장이며, 해마다 많은 졸업자가 치열한 경쟁을 거쳐 입사를 하고 있다.

입사 절차

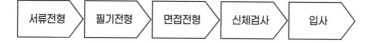

서류전형 > 필기전형 > 면접전형 > 신체검사 > 입사

1 서류전형

보통 기본 인적사항과 자기소개서를 작성하여 제출한다. 이때 회사마다 요구하는 각종 증명서(졸업증명서, 성적증명서 등)도 함께 제출한다.

최근에는 '채용 과정에서의 공정성 준수'가 매우 중요한 사회적 이슈이자 화두이기 때문에, 대부분의 기업에서는 '블라인드 채용' 원칙을 준수하고 있다. 그러나, 과거 대규모 채용과 달리 최근에는 필요한 '직무별 채용'을 기본으로 하고 있어 전공이나 학점 등이 '직무와의 적합성 여부'

판단에 있어 고려 요소가 될 수 있다.

자기소개서의 경우, 기본적인 인적사항과 함께 차지하는 평가 비중이 매우 높은데, 너무 많은 지원자가 몰리기 때문에 최근에는 (과거 수많은 입사지원서 데이터를 학습하여) 'AI를 통한 평가'가 도입된 회사도 많다.

자기소개서의 경우 최근 공통된 키워드 몇 가지를 소개하면, '창의성', '협력', '팀워크', '도전', '패기', '리더십' 등이 있다. 대학 재학 시절부터 다양한 활동을 통해 위 키워드를 실천한 사례들을 묻는 것이다. 그래서 취업을 준비하는 졸업자들의 경우, 평소 본인이 활동한 다양한 경험들을 위 키워드를 중심으로 '자신만의 Story'로 작성하여 가지고 있는 것이 좋다. 그러나, 과대표, 반장, 회장, 군대 이야기 등의 통상적인 이야기는 오히려 감점 요인이 될 수 있기 때문에, 좀 더 참신한 사례를 만들 수 있도록 평소 노력하는 것이 필요하다.

❷ 필기전형 및 면접전형

필기전형의 경우, 대부분의 대기업은 자체적인 '인·적성 시험'을 통해 합격자를 선발한다. 기업들이 보유한 인·적성 시험들은 대부분 철저한 보안 유지를 하고 있고, 그동안 누적된 Big Data를 통해 지속적으로 Upgrade되고 있지만, 시중에 나와 있는 참고 서적들을 통해 꾸준히 공부하여 지속적으로 감을 유지하는 것이 유일한 공부법이 될 것 같다.

면접전형은 보통 '실무면접'과 '임원면접'의 단계로 구성되어 있는데, 특별한 비법은 없으며, 자신감 있고 진솔한 답변을 하는 것이 가장 중요하며, 아직까지 한국 기업들에서는 남을 배려하고, 협동할 줄 알며, 끊임없이 도전하려는 진취적인 태도를 보유한 사람을 좋아하는 경향이 강하나고 말할 수 있겠다.

❸ 신체검사

당락을 결정하는 요인은 아니지만, 단체 생활에 피해를 줄 수 있는 전염병 보유, 특정 업무 수행에 적합하지 않은 신체 상태 정도는 검토를 한다.

❹ 입사

대망의 입사가 이루어지면, CEO 명의의 화환이 부모님께 전달되고, 오리엔테이션을 거쳐, '신입사원 연수'를 시작으로 직장 생활이 시작된다.

| 3부 |

그래,
진정한 인생은
후반전부터

누구라고 할 것도 없이 나 스스로 그렇게 생각하고 살았다.

'다니고 있는 직장과 그 직장 생활이 한 개인의 인생을 지배한다고 해도 과언은 아니다.'라고….

나처럼 한 삼십 년 가까운 세월을 한 직장에서 보내다 보면 더욱 그 생각이 확고했던 것 같다.

불과 작년까지만 하더라도 나의 인생에 남는 뚜렷한 족적(足跡)은, 물론 가족도 있지만, 직장 생활과 직장에서 알고 지낸 사람들과의 기억뿐이라 생각했고, 은퇴 후에는 그냥 작은 시냇물이 흘러가는 것처럼 '나이가 든 그 어느 시점'을 향해 서서히 '페이드아웃(Fade Out)'을 하는 것 아닌가 하고 막연히 생각해 왔었다.

그런데 막상 퇴직을 하고, 일정 기간 방황 후 정신을 차리고 보니, 내 생각이 완전히 잘못되었다는 것을 깨닫게 되었다. 나에게 남아 있는 시간은 작은 시냇물이 흘러가는 것처럼 조용하지 않을 수도 있고, 힘없이 '페이드아웃'이 되는 시간이 아닐 수도 있을 만큼 충분히 길었다. 그리고, 새로운 인생의 목표를 수립하고, 실천할 수 있는 소중한 시간이었던 것이다.

그래서 나는 지금 내가 가지고 있는 시간을 '인생의 하프타임'이라 부르기로 했다.

우리가 즐겨 보는 축구 경기에서 전반전이 끝나면 하프타임이 있다. 하프타임에 선수들은 라커 룸에서 복장을 편히 하고, 물도 마시면서 휴식을 취하기도 하고, 감독이나 코치는 전반전을 되짚어 보고, 후반전에서 고쳐야 할 점 및 새로운 작전 지시 등을 한다.

그 과정에서 때로는 고성(高聲)과 질책이 오가기도 하고, 칭찬과 격려, 파이팅이 울려 퍼지기도 한다. 물론 평소 축적된 훈련량과 체력이 좌우하는 면이 크겠지만, 하프타임을 어떻게 보내고 나오는가에 따라 단기적으로는 후반전 경기가 많이 달라지기도 한다.

인생의 이치도 마찬가지인 것 같다.
지금 가지고 있는 나의 하프타임을 어떻게 보내는가에 따라, 열심히 달려온 전반전과 연결되어 짜임새 있고 결과까지 좋은 한 편의 경기를 마무리할 수도 있고, 전반전에서 많이 아쉽고 부족했던 점들을 보완하여 내 인생의 역전 골을 만들어 낼 수도 있을 것이다.

일상에서의 루틴을 회복하고, 남아 있는 시간에 대해 하프타임과 후반전이라는 새로운 의미까지 찾고 나니, 퇴직 후 하루하루가 행복해지고 의욕이 솟는 느낌이다.

"회사를 그만두고 비로소 인생의 행복을 느낀다."

처음엔 다소 어색한 말이었지만 이젠 이대로 받아들이려 한다.

뭐니 뭐니 해도 머니(Money)가 우선 |

대학에서 경영학을 공부했거나, 회사를 다녀 본 사람이라면, 아니 이제는 상식의 수준에서도, '현금 흐름(Cash Flow)'에 대한 개념을 이해하고 있을 것이다.

기업에서는 '재무제표(財務諸表, Financial Statement)'라 하여 그 기업의 상황을 재무적 관점에서 들여다볼 수 있는 여러 문서를 생성하는데, '현금 흐름표(Cash Flow Statement)'도 그중 중요한 하나이다. 기업 경영을 재무적 관점에서 이해하려면, 특정 시점에서의 회사의 자산, 부채, 자본 상태(재무상태표 혹은 대차대조표)도 중요하고, 일정 기간 경영 및 영업 활동을 통해 얼마의 이익을 창출(손익계산서)하였는지도 중요하지만, 수많은 자금이 들어오고 나가는 현금 흐름이 특히 중요하다고 할 수 있다.

왜냐하면, 기업에서의 현금 흐름은 사람과 함께 막힘이 없이 순환되어야 하는 '피, 혈액'과도 같은 존재이기 때문이다. 일상에서 '돈맥경화'라는 말을 가끔 들어 본 경험이 있을 것이다. 돈, 자금의 흐름이 원활하지 않아 가계 및 기업, 경제활동이 어려운 상황을 일컫는 말이다. 동일한 맥락으로 이해하면 될 것 같다.

우리 인생도 이와 이치가 다르지 않은 것 같다.

사업이나 자영업을 시작하신 분들은 일찍이 이 돈맥경화 때문에 이미 힘든 시간을 보낸 경험이 있으시겠지만, 나처럼 오랜 기간 직장 생활을 했던 사람들은 한 달에 한 번, 또박또박 들어오는 월급으로 인해 큰 돈맥경화 없이 그럭저럭 인생을 살아왔고, 가계를 꾸려 올 수 있었던 것 같다.

현직에 있을 때, 친한 동료들끼리 가끔 농담으로 주고받던 말이 있었다. "이 월급이란 것이 한 달에 한 번씩 생명수를 마시는 것 같아. 숨이 턱에 차서 허덕허덕할 때쯤이면 기가 막히게 또 한 달 치를 다시 마시고, 한 달을 버티고, 또 반복하고…." 월급으로 사는 우리의 모습을 자조적으로 농담처럼 주고받았었다.

무려 28년을 그렇게 살아왔었는데….
이제는 고정적인 월급이 아니라, 운이 좋아야 비정기적인 소득을 발생시키면서 남은 시간을 살아가야 하니, 겁부터 덜컥 나는 것이 솔직한 심정이다.

퇴직 후 몇 차례 교육을 받으면서 새로운 용어를 배우게 되었다.

'소득의 크레바스'

'크레바스(Crevasse)'는 히말라야와 같은 빙설로 쌓인 산에서 깊이를 알 수 없는 계곡 사이의 구덩이를 말하는 것으로, '소득의 크레바스'는 퇴직 후 연금을 수령하는 나이 이전까지 소득이 전무한 시기를 빗대어 일 컫는 말이라고 한다.

그런 측면에서 우선, 나의 남은 인생에서의 현금 흐름을 정리해 보는 일이 매우 중요하다고 볼 수 있다. 이제 들어오는 돈은 불규칙적일 수밖에 없으나, 자녀 문제, 노후 생활, 세금 문제 등으로 나가야 하는 돈은 끊임없이 규칙적으로 발생하기 때문에 무엇보다도 철저한 준비와 계획이 중요해진 것이다.

그래도 알뜰한 아내 덕에 오랜 시간 유지해 온 개인연금 3개와 퇴직연금을 대략 만 60세 이후 수령하는 것으로 설계하고, 만 65세 이후 국민연금을 수령하는 것으로 하여 표를 만들어 보니 대략 미래의 현금 흐름이 눈에 들어왔다. 물론, 충분하지는 않지만 굶어 죽지는 않겠다는 생각에 어느 정도 안도감을 가질 수 있었다.

그리고 소위 '소득의 크레바스'에 빠진 60세까지의 대략 5년 정도의 대안을 찾는 것이 중요하다는 사실에 집중하기로 했다. 현직에 있을 때는 한 번도 시도해 보지 않았던 경험이었지만, 교육을 받은 덕에 알게 되어 직접 해 보고 나니 막연했던 불안감이 구체적인 실행 계획으로 바뀌게 됨을 경험할 수 있었다.

짧게 덧붙이자면, 아직 현직에 계신 분들은 미래의 연금을 미리 준비하시기 바란다는 말을 꼭 전달해 드리고 싶다. 그리고, 나중에 받게 되실 퇴직금도 가급적 연금으로 수령하시길 권유드린다. 일시금으로 받게 되면 높은 세율의 퇴직소득세를 내야 하지만, 연금으로 받게 될 경우에는 낮은 세율의 연금소득세를 내면 되고, 미래의 불안정한 현금 흐름에 어느 정도 안정성을 가져다줄 수 있기 때문이다. 물론, 좀 더 자세한 사항은 각자 상황에 맞게 공부하고 찾아보시기 바란다.

나이 들어 '동맥경화'와 '돈맥경화' 두 마리 토끼를 다 잡아야 하는 우리 인생이 만만치 않은 것 같다.

여행, 화려하지 않아도 충분히 행복한 |

몇 년 전부터 나에게는 '버킷 리스트' 하나가 생겼다.

퇴직을 하면 6개월 정도 혼자 여행을 다니는 것이었다.

나는 원래 여행을 좋아하는 외향적인 성격은 아니다. 간혹 여행을 가더라도 새로운 것을 찾아보고, 사고, 체험하는 것보다 편하게 쉬면서 힐링하는 것을 좋아했다. 그래서인지 여행지도 주로 동남아 휴양지 같은 곳을 선호하는 편이었다.

그런 내가 6개월씩 혼자 여행을 하겠다는 것을 버킷 리스트로 정한 이유는 솔직히 직장 생활이 힘들고 지긋지긋하다고 느껴지는 때마다 '정신적 도피처'를 만들어 잠시나마 현실을 잊어버리려는 불순한(?) 의도에서 시작되었던 것 같다. 이 생각을 떠올리며 '어디가 좋을까?', '가서 무엇을 하지?' 등을 생각하노라면 그 순간만큼은 현실을 떠나 나의 유토피아로

도망친 희열을 느꼈다고나 할까?

사실 이 엄청난 프로젝트는 아내의 재가 없이는 실행에 옮기기가 힘들다.

아무리 아내가 천사표라 하더라도, 나를 어떻게 믿고 6개월씩이나 혼자 여행을 보내 줄까? 아울러, 이렇게 좋은 걸 나 혼자 독식하도록 놔둘까?

그래서 아내를 설득한 것이 대략 3년 정도 걸렸던 것 같다.

"한 삼십 년 힘든 직장 생활을 하고, 특히 옆에서 지켜봐서 알겠지만, 하루하루 스트레스의 연속이었던 임원 생활을 갑자기 그만두게 되면, 그 상실감과 배신감에 '멘붕'이 와서 많이 힘들어한대. 심한 사람들은 1~2년이 걸린다고 하네. 그래서 나도 나중에 한동안 여행을 가야 할 것 같아…."

지극 정성으로, 때론 감언이설로 3년을 설득해서 드디어 허락을 받아 놓은 상태였고, 가끔 둘이 있을 때 한 번씩 이 화제를 슬며시 끄집어내면서 다시 한번 확인 도장을 찍곤 했었다.

젠장, 이렇게 공들였던 나의 프로젝트, 나의 버킷 리스트가 생각지 않은 시기에 갑자기 퇴직을 하면서 완전히 공염불이 되어 버린 것이다. 나름 이것저것 준비를 해야 하는데, 준비를 시작도 하지 못한 상태에서 퇴직을 당해 버린 것이다. 실제 현실로 닥치고 보니, 치솟아 오르는 감정의

범람에 하루 종일 멘탈 잡는 것도 쉽지 않아 여행을 간다는 생각 자체를 하기가 쉽지 않았고, 만만치 않은 자금 소요가 떡하니 현실의 벽으로 다가오는 바람에 엄두를 내지 못한 것이다.

그러던 중 어느 날, 어렵사리 용기를 내어 가까운 가평 쪽으로 2박 3일 혼자 여행을 다녀왔다. 아침에 집을 나서는데 아내가 용돈이 든 봉투를 손에 쥐여 주었다.

"집에만 있어서 마음이 안 좋았는데, 길진 않지만 힐링도 좀 하고, 좋은 시간 보내고 오라고…." 금액이 중요한 게 아니라 이건 감동 그 자체였다. 퇴직 후 집을 나서는 발걸음이 처음으로 가벼웠던 기억을 한참이 지난 지금도 잊을 수가 없다.

남이섬과 청평호를 코앞에 두고도 3일 내내 숙소에서 시간을 보냈던 것 같다. 아무것도 하지 않았지만, 퇴직 후 집에서 계속 나를 짓누르고 있던 그 감정들이 겨울바람에 날아가 버리기도 한 듯 한결 몸과 마음이 가벼워졌고, 아직은 모르겠지만 무언가 새로운 방향으로 몸과 마음이 돌아설 것 같은 희망을 느꼈던 것 같다.

이후 짧았지만 강렬했던 가평 여행의 기억에 힘입어 부담되지 않는 범위 내에서 가끔 여행을 통해 마음을 다스리기 시작했다. 아니, 조금 더 적극적으로, 그리고 규칙적으로 여행을 다니기 시작했다. 한 번은 아내와 함께 여행을 가고, 한 번은 퇴직 후 마음이 잘 통하는 동료 몇 명과 가까운 곳으로 여행을, 나머지 한 번은 혼자 여행을 다니고 있는 중이다. 대부분 2~3일 코스이고, 가성비 있게 다니려 준비하기 때문에 큰 부담은 없는 범위 내에서 다니고 있다.

아내도 예전과는 다르게 시간의 쫓김 없이 다니는 여행이라 무척 좋아하고 있고, 아예 하루 목적지만 정하고 가서 또 다음 행선지를 정하고 하는 방식으로도 여행을 가자고 약속을 해 놓은 상태이다. 재미있을 것 같다.

솔직히 예전에는 여행과 관광을 명확하게 구분하지 못하고 여행을 다닌다고 했던 것이 아닌가 하는 생각이 새삼스럽게 든다. 이제 개인적으로 관광은 별로 생각이 없다. 순수한 여행, 그 자체가 가져다주는 힐링을 흠뻑 즐기면서 살고 싶다.

가끔씩 '일상(日常)'과 '이상(理想)'을 넘나들 수 있는 유일한 통로가 바로 '여행'이기 때문이다.

직장(職場) 그리고 직업(職業) |

우리는 '직장(職場)'과 '직업(職業)'에 대해서 평소 얼마나 그 차이점을 인식하고 살고 있을까?

군이 설명을 보태지 않아도 두 단어의 차이는 대부분 잘 이해하고 계실 것 같지만, 일상에서 이 두 단어의 차이를 구분하고, 인식하면서 사는 분들은 많지 않을 것 같다. 왜냐하면 나 자신도 지난 시간 동안 별로 생각해 본 적이 없었던 것 같고, 내 주변 대부분의 사람도 비슷한 것 같아 어느 정도 보편성이 확보될 수 있지 않을까 생각하기 때문이다.

우리는 좋은 대학에 가려고 노력하고, 대학에서는 좋은 직장에 가려고 노력한다. 경제성장의 둔화로 이러한 경쟁은 점점 더 치열해지고 있는 것이 사실이다. 내가 인사 담당을 하던 시절 대졸 공채를 실시하면 초기 서류전형 경쟁률이 모집 정원 대비 100:1 이상으로 치열했었다.

나도 학창 시절부터 많이 노력했고, 소위 좋은 직장을 다닌 경우에

속한다. 나의 직장 재직 시절 '신분(Identity)'은 명함과 재직증명서가 대신해 주었고, 이 종이 쪼가리들은 신용카드 발급, 은행 대출 등 제법 '무소불위(無所不爲)의 힘'을 발휘했던 것 같다.

그런데 여기서 중요한 점은 그것을 몰랐던 것이다. 아니, 정확하게는 평소 인식을 하지 못하고 살았던 것이다. 그것은 바로, 그 신분이 곧 나이고, 내가 바로 그 신분이라는 착각을 하고 살아왔다는 것이다.

그런 나의 신분이 하루아침에 사라져 버렸다. 소위 '정체성'을 상실해 버린 것이다. 나는 '어제의 나' 그대로인데, 나의 정체성이 완전히 달라져 버린 것이다. 중년 남자들이 로망을 담아 즐겨 본다는 〈나는 자연인이다〉라는 TV 프로그램이 있다. 나도 주말에 즐겨 보는 프로그램이다. 조금 과장해서 표현하자면, 내가 하루아침에 바로 그 '자연인'과 다를 바 없는 사람이 된 것이다.

'아, 그렇구나⋯.'

그동안 내가 '그 사람'이라 착각하면서 살아왔던 소위 '나의 정체성', '나의 신분'은 '본연의 나'가 아니라, 내가 재직한 직장이라는 울타리가 제공해 주었던 '나를 포장한 포장지'에 불과했던 것이다. 그 포장지는 회사라는 울타리를 떠나며 벗겨지고 뜯겨 그 속에 숨어 있던 '알맹이의 나'로 세상에 던져진 것이다.

그래서 꼭 경제적인 측면이 아니더라도, 아무런 '상표'가 붙어 있지 않은 '자연인'으로 앞으로의 시간을 살아갈 것인지, 아니면 무언가 다시 나를 대표하고, 설명할 수 있는 새로운 일을 찾아야 하는 것인지가 매우 중요하다는 사실을 깨닫게 되었다.

　　바로 '업(業)'의 중요성을 나이 오십 중반에 비로소 깨닫게 된 것이다.

　　직장은 제한된 울타리 내에서 갇혀 있는 동안 그 의미를 찾을 수 있고, 나이라는 변수로부터 자유로울 수 없는 큰 한계를 가진 반면, 업은 울타리에 속할 필요도, 울타리를 건너다니며, 그리고 나이로부터 자유로울 수 있는 장점을 가지고 있다. 물론 예외적인 업도 있겠지만 말이다.

　　그리고 퇴직을 하고 보니, 처음 인사를 나눌 때 나를 소개하기가 때로는 막막하고, 때로는 쓸데없이 장황해지기도 하는 불편이 있고, 주변 퇴직 동료들 이야기를 듣다 보면 벌써 현직 때 빌린 은행 대출 상환 압박을 받는 경우도 있다고 한다.

　　수많은 직장인 중 자기가 정말 원하는 직장에서, 원하는 일을 하면서 사는 사람이 과연 얼마나 될까? 아침에 눈 뜨며 즐겁게, 그리고 흥분된 느낌으로 하루를 준비하는 사람이 과연 몇이나 될까?

　　나 또한 평생 '당위적 자아'를 좇아 사느라 늘 허덕이며 살았던 것이 사실이다.

　　그런 측면에서, 새롭게 나를 설명할 수 있는 업을 찾을 때는 반드시 내가 하고 싶은 것을 찾으려 한다. 나름 소명의식도 가질 수 있고, 비교적 내가 좋아하는 분야의 일이어야 할 것 같다.

이제 '실업자(失業者)'가 아닌 '새로운 업자(業者)'로 거듭나기 위한 태동을 시작한다.

'코칭(Coaching)'을 아십니까?

나는 28년 근무 기간 중 약 20년 가까이 인사 업무를 하였다. 나름 인사 전문가라 불려도 그다지 어색하지는 않을 듯하다. 중간에 인사 업무로 중국 주재원도 4년을 다녀온 바 있어, 인사 업무로는 대략 A부터 Z까지 다 경험해 본 것 같다.

나는 어릴 때부터 성격이 내향적이었다. 새로운 사람을 만나는 것도, 새로운 환경에 처하는 것도 나에게는 모두 스트레스를 주는 일들이었다. 그런 내가 인사 업무를 하면서 사람들과 부대끼며 사는 것은 처음에는 무척이나 힘든 일이었다.

하지만, "지성이면 감천이다."라고 했던가? 참 많이 노력했던 것 같다. 말년에는 수백 명을 모아 놓고도 대본 없이 한 시간 정도는 떠들 수 있을 정도의 뻔뻔함이 생겼으니까. 세상의 모든 '정책(政策)' 중 가장 강력한 것은 바로 '호구지책(糊口之策)'이다. 먹고살기 위해 무엇을 못 하겠는가?

그러나, 그 긴 시간 동안 나는 늘 무언가 '목마름'을 느끼고 있었던 것 같다. 그것은 바로 '사람의 본질에 대한 고민과 접근'이었다. 대기업의 인사 업무란 것이 사람에 대한 고민과 연구를 많이 할 듯하지만, 실제로는 사람들 개개인의 개성과 특성은 전혀 고려할 수 없는 것이 현실이다. 사람이 많기 때문이고, '효율성', '형평성', '공정성' 등 고려해야 할 요소들이 많기 때문이기도 하다. 그리고 늘 시간에 쫓겨 일하기 때문에, 진지하게 사람에 대한 고민을 한다는 것은 엄두도 못 내는 일이었으며, 일의 결과물은 '사람의 변화'를 향하는 것이 아니라 항상 '제도'의 형태로 만들어졌다.

그러던 내가 퇴직 후 '코칭(Coaching)'이라는 분야를 알게 된 것은 조금 과장되게 표현하자면 사막에서 오아시스를 만난 느낌이라고 할까? 요즘 많은 고민에 빠져 있던 '나의 업(業)을 찾아서' 프로젝트가 드디어 목표물을 발견한 것이다.

코칭(Coaching)은 과거 '말이 끄는 4륜 마차(Coach)'에서 어원을 찾을 수 있는데, '내가 현재 있는 지점으로부터 목표한 지점까지(Door-to-Door) 자유로운 이동'이라는 특성을 반영한 개념이다. 코칭을 통해 어떤 사람의 심적 태도, 현실적 상황 등을 이상적인 지점으로 변하도록 도울 수 있다. 대략 1970년대 미국에서 시작된 코칭은 우리나라에서는 1990년대 후반부터 2000년대 초반에 그 기틀이 마련되었다고 한다.

코칭은 모든 사람을 '완전하고, 창의적이며 스스로 문제 해결이 가능하다'는 관점으로 전제하고, 그 사람이 처해 있는 상황에서의 문제 해결과 목표를 향한 실천을 스스로 해 나갈 수 있도록 도와주는 것이다. 과거의 트라우마를 치료해 주는 '상담 치료'나 문제에 대한 해답과 의견을 제시해 주는 '컨설팅'과는 다른 개념이다.

코칭이 점점 더 각광을 받게 된 원인은, 최근 경영 환경을 포함한 세상의 문제들이 날로 복잡해지고, 어려워지고, 변화가 빨라져 코칭이 가장 적합한 방식으로 활용이 가능하기 때문이다. 요즘은 특정 리더가 자신의 과거 성공의 경험에 따라 팔로우들을 이끌고 갈 수 없을 정도로 복잡한 문제가 난무한 세상을 살고 있다. 코칭을 활용한 리더십으로 조직을 이끌면 이러한 문제들이 많은 부분 해결될 수 있는 것이다.

여기서 '왜 내가 코칭에 꽂힌 것인가?' 하는 점은 바로 사람에 대한 전제가 나의 철학과 일치하고, 그동안 목말라 있던 사람에 대한 고민을 제대로 할 수 있을 것 같고, 나의 치열한 고민을 통해 도움이 필요한 사람들에게 '선한 영향력'을 드릴 수 있을 것 같아서이다. 아울러, 지난 인생 전반전의 나의 경력이 상당 부분 재활용이 가능하고, 내가 앞서 지적했던 나이가 걸림돌이 되지 않는 업이 될 수 있겠다는 점이다.

'전문 코치'로 활동하려면 '한국코치협회'가 주관하는 자격 인증 시험을 통과하여야 하는데, 3단계의 자격시험이 있다. 2023년 기준 국내에는 14,000여 명의 '전문 코치'들이 활동하고 있다고 한다.

"떡 본 김에 굿한다."라는 말처럼 이참에 필명도 '최 코치'라 붙여 보았다. 아직은 많이 어색한 호칭이다. 하지만, 곧 많은 사람에게 '선한 영향력'을 미치며, 가치로운 '인생 후반전'을 살고 있는 '최 코치'로 변신하고 싶다.

배움에 끝이 있던가? |

1995년 가을로 들어설 무렵, 나와 아버지는 고향 집에서 모처럼 만났다. 오랜만에 만난 반가움은 잠깐이었고, 언성을 높이며 의견 다툼을 벌였다. 주제는 '나의 진로' 문제였다.

나는 군대를 제대하고 복학 후, 중학생 과외 아르바이트로 하숙비를 벌고, 장학금으로 학비를 보태며 나름 힘들게 살고 있었기 때문에 마음 속 한구석에 알지 못할 불만의 씨앗이 늘 자리 잡고 있었고, 이날 아버지와 언쟁을 통해 제대로 폭발을 했던 것이다.

나는 대학원에 진학하여 공부를 좀 더 하고 싶은 생각이 간절하였지만, 알고는 있었으나 그즈음 아버지의 일이 상황이 더 안 좋아지고 있던 터라 아버지는 빨리 취업을 해서 내가 가계에 도움이 되기를 바라셨다.

지금 생각해 보면, 돌아가신 아버지는 늘 나의 학창 생활에 어머니보다도 더 소위 '바짓바람'을 일으키고 다니실 정도로 나에 대한 애정이 크셨는데, 아들의 공부가 더 하고 싶다는 바람을 들어주지 못하는 그 마음은 얼마나 안타까웠을까? 이제는 이해가 되고도 남는 감정이지만, 그때는 너무 야속하고 원망스러웠던 것이 사실이다.

취업 후 내가 28년을 다닌 회사는 유난히도 소위 학벌이 좋은 사람들, 가방끈이 긴 사람들이 많았다. 아주 대범하지는 못한 나의 성격 때문일까. 늘 그들을 보면서 마음 한구석에 그때 조금 더 공부를 하지 못한 것에 대한 아쉬움을 지워 버리지 못하고 있었다.

그래서일까?
퇴직 후, 정신을 차리고 이것저것 알아보는 과정에서 제일 먼저 찾아보기 시작한 것이 바로 대학원이었다. 우선, 학부를 졸업하고 바로 진학하는 '일반대학원'은 나의 현재 상황과 맞지 않기 때문에 고려 대상이 아니었고, 결국 직장인 또는 일반 성인을 대상으로 하는 '특수대학원'이 타깃이었다.

종류가 생각보다 훨씬 많았다. 교육대학원, 경영대학원, 신학대학원, 행정대학원….
그리고, 실제 등교하지 않고 온라인상으로 수강을 하는 사이버대학원도 틈새시장을 형성하고 있었다.

의사 결정을 해야 하는데, 몇 가지 고려 사항을 정리해 볼 필요가 있었다.

지금 나는 왜 대학원에 가려 하는가? 수업을 하는 방식이나, 수업일수는 나의 상황과 적절하게 조화될 수 있는가? 학비는 너무 부담스럽지 않고 감당할 범위 내에 들어오는가? 학교가 너무 멀지는 않은가?

글로 다 쓸 수는 없지만, 우여곡절 끝에 나에게 딱 맞는 곳을 발견하였다.

'국민대 경영대학원, 리더십과 코칭 MBA'

이미 나는 앞으로의 업(業)으로 코칭(Coaching)을 선택하였고, 인사 업무 중심의 나의 지난 경력을 좀 더 이론적으로 체계화시켜 줄 수 있으며, 석사 학위와 전문 코치 자격증까지 획득할 수 있는 길을 찾아낸 것이다. 몇 마리 토끼를 한꺼번에 잡는 것인지 모르겠다.

하지만, 무엇보다도 모처럼 나를 흥분시키는 점은 같은 관심 분야를 가진 새로운 친구들을 만날 수 있다는 기대감이다. 비록 머리가 옛날처럼 핑핑 돌아가지는 않지만, 다시 한번 학구열을 불태울 열정이 마음속에서 다시 솟아오르는 것 같다.

글을 쓰는 즐거움 |

'합법적 백수'인 내가 요즘 삼시 세끼 챙겨 먹는 것 이외에 늘 마음이 쏠려 있는 곳 하나가 있다.

특별히 해야 할 일이 없을 때도 문득, 길을 걷다가 문득, TV를 보다가 문득, 뒹굴뒹굴 누워 있다가 문득, 항상 노트북을 켜고 싶은 충동에 휩싸인다. 무언가 적을 거리가 떠올랐기 때문이다.

그렇다. 요즘 내가 꽂혀 있는 그것은 바로 '글쓰기'이다.
두어 달 전부터 본격적으로 시작한 글쓰기의 매력에 최근 푹 빠져 있다.

썼다 지웠다….
故 김광석의 명곡 〈잊어야 한다는 마음으로〉에서 "하얗게 밝아 온 유리창에 썼다 지운다. 널 사랑해."는 내가 좋아하는 소절이다. 그런데, 내

가 요즘 글이란 걸 써 보면서 가장 많이 하는 행동이고, 화려하고 아름답진 않지만, 작고 소담한 창조물을 만들어 내기 위해 내가 하는 '작은 몸부림'이다. 할수록 매력 있는 행위이다.

사실 나는 학창 시절부터 크게 글쓰기에 흥미를 가졌던 적은 없었다. 아주 형편없지도 않았지만, 그렇다고 썩 잘 쓰는 글솜씨를 가진 것도 아니었던 것 같다. 뭐라고 할까? 그냥 평범한 학생이 무난하게 '글짓기'를 하고, 가끔 교내 '장려상' 정도 타는 수준이라고 할까? 내가 어릴 때는 '글짓기'라는 표현을 많이 썼던 것 같다. 지금은 물론 다른 표현을 쓰겠지만.

대학을 다니고, 회사를 다니면서 쓴 글이라고는 리포트나 문서, 보고서 정도밖에는 없었다. 소위 진정한 글이라고 하는 것을 진지하게 써 본 적은 없었던 것 같다. 한때 유행했었고, 나도 푹 빠져 무지하게 노력했던 개념 하나, 'MECE(Mutually Exclusive Collectively Exhaustive, 상호 배제와 전체 포괄)' 정도가 기억날 뿐이다. 이 개념은 간단히 말해 "논리 전개가 상호 중복됨이 없어야 하는 동시에, 전체적으로 누락됨이 없어야 한다."라는 것으로 컨설팅으로 유명한 매켄지에서 소개하고, 유행시켰던 개념이다.

그런데, 퇴직 후 갑자기 '글을 쓰고 싶다.'라는 욕망이 솟구쳐 올랐다. 솔직히 정확한 이유는 모르겠지만, 추측해 보자면 오랜 직장 생활 동안 마음속에 쌓아 놓은 '퇴적물'들이 너무 많아 이 '퇴적물'들을 나를 벗어난 바깥세상에다 쏟아 내고 싶은 욕구가 '글을 쓰고 싶다.'라는 자극으로 치환된 것이 아닌가 싶다.

막상 글을 써 보려 하니 기본적으로 아는 지식이 너무나도 빈약해서 우선 글을 쓰는 것과 관련한 책들을 구입하여 탐독하였다. 다들 나름의 우연한 계기, 훌륭한 의미, 각고의 노력 등을 제시하고 계셨는데, 몇 가지 내 마음에 와닿는 포인트를 발견할 수 있었다.

첫째, 내가 쓰고자 하는 글은 글의 분류상 소위 '수필'이나 '에세이'에 가까운 것이라는 점이다.

나의 생각을 다양한 기법과 방법으로 표현해 낼 수 있겠지만, 초보자이고, 그냥 우선 내 마음에 있는 것들을 있는 그대로 쏟아 내고 싶다는 것이 지금 내가 가진 욕구이기 때문에 '수필'이나 '에세이'로 시작하는 게 맞는 것 같았다.

일본의 유명 광고회사 카피라이터에서 작가로 전환한 다나카 히로노부는 '수필/에세이'를 '사상(事象)과 심상(心象)이 교차하는 곳에 생긴 문장'이라 정의하였다. 참 맛깔스러운 정의인 것 같다. 또한, 그는 "자기가 쓰고 싶은 것을 쓰면 된다."라고 하는 상당히 파격의 조언을 들려주고 있어 초보자인 나에게 큰 힘을 주었던 것 같다.

둘째, 너무 주저하지 말고 우선 시작하라는 것이다.

나는 처음에 이렇게 생각했었다. '혹시라도 나 이외에 누군가 한 명,

설령 아내라 하더라도, 내 글을 보게 된다면 내 글이 최소한의 예의가 있어야 하지 않을까? 그래서 무언가 기본적인 것은 학습을 하고 글을 쓰는 게 도리가 아닐까?'

그런데, 많은 분이 너무 고민만 하지 말고 우선 시작해 보라는 공통적 의견을 제시하고 있어, 마침내 용기를 낼 수 있었던 것 같다.

셋째, 많은 분이 한결같이 '글쓰기'는 "인생을 바꾸는 힘을 가지고 있다."라고 하였다.

실제 그들도 글을 쓰기 시작하면서 '직업'이나 '신분'도 바뀌었고, 생활 전반은 물론, 사상이나 가치관, 인생관도 바뀌었다고 하였다.

솔직히 시작하는 지금은 잘 모르겠다. 이 말의 정확한 의미를. 실제 나에게도 그런 일이 일어날 것인지도⋯. 하지만 이 말은 내가 앞으로 지치지 않고 글쓰기를 해 나가는 데 있어 큰 힘이 될 것이리라 믿는다.

글을 쓴다는 것.

막상 시작해 보니 생각했던 것보다 열 배는 어려운 작업인 것 같다. 머릿속에서는 제법 지적(知的)이고, 체계적이고, 세련되게 정리된 듯한 내용을 내가 아는 어휘의 범위에서 글로 표현해 보면 그 느낌이나 맛을 전혀 느낄 수가 없다. 끊임없는 갈증에 시달리는 것이다. '썼다 지웠다'의 무한 반복, 영원한 '뫼비우스의 띠'와 같은 작업이다.

하지만, 나의 생각이 눈앞에서 '활자'로 정리되는 모습을 보는 것만큼 희열을 느끼는 일도 없을 것 같다. 다나카 히로노부가 '내가 바로 제1의 독자'라 했던 말을 이해할 수 있을 것 같다.

글을 쓴다는 것.

물질적으로는 크게 사치스럽지 않으면서도, 정신적으로는 많이 사치스럽고 풍요한 멋진 일이다.

그래, 진정한 인생은 후반전부터 |

퇴직 후 6개월여가 지난 지금 제법 바쁜 일상을 보내고 있다.

가끔은 현직에 있을 때 느낌으로 하루를 보내는 날도 있는 것 같다. 내가 느끼기에도 상당히 신기하기도 하다. 불과 몇 달 전만 하더라도 시간이 남아돌아 어쩔 줄 몰랐는데…. 언감생심 '시간이 가져다주는 망각(忘却)'과 '노력을 통한 변화의 힘'이란 실로 대단한 것이다.

별일 없으면 퇴직 임원 사무실로 매일 출근한다. 나와 비슷하게 부지런한 동료분들이 몇 명 있다. "선배님, 너무 융통성 없는 것 아닌가요?" 가끔 서로 놀리면서 웃곤 한다. 반복되는 여행으로 집에 거의 안 계신 분들도 다수 있기 때문이다.

오매불망, 드디어 원하던 대학원에도 합격을 했다. 가을부터는 '늦다리 복학생' 생활이 시작된다. 많이 기대되는 것이 사실이다. 어떤 분들이 오실까? 교수님들은 어떠실까? 나이 어린 교수님과는 잘 지낼 수 있겠지? 머릿속에 행복한 생각이 많다.

마지막 실기시험만 합격하면 '전문 코치'로서의 출발인 'KAC 자격'을 획득하게 된다. 지난 6개월 가장 공들인 부분이다. 실습 과정에서 코칭이 잘 안되는 날은 "이 길은 나하고 안 맞는 것 같아…."를 수없이 반복했던 것 같다. 하지만 아주 가끔 잘되는 날의 기쁨으로 묻어 버리고 왔기에 그래도 묵묵히 전진을 할 수 있었던 것 같다. 코치는 이제 시작인 단계라 갈 길이 아직 멀다. 그래서 목표의식도 가질 수 있고, 부지런히 나를 채찍질할 것이기에 역설적이지만 너무 좋은 것 같다.

브런치 스토리에 글을 쓰고 있는데 이제 글들이 제법 쌓여 간다. 처음 보다는 내 글을 읽고 '라이킷'을 보내 주시는 분도 조금 늘었다. 많이 감사할 따름이다. 사실 브런치 스토리는 내가 오십 년 넘게 살아오면서 전혀 몰랐던 새로운 세상, '신천지(新天地)' 같다.

온갖 종류의 생각들이 다양한 필체로 그 생명력을 뿜어내는 온라인상의 세상…. 좀 더 일찍 알았더라면 하는 아쉬움이 크다. 아니 지금이라도 알았으니 얼마나 다행인지 모르겠다. 눈이 침침해지고, 손가락에 힘이 없어질 때까지는 이 새로운 세상이 곧 '나의 세상'인 양 열심히 활동해 보리라.

한 달을 보내다 보면 어김없이 '틈'이 생긴다. 바로 재충전을 하러 갈 시간이다. 크게 준비 없이, 크게 망설임 없이 짐을 꾸려 떠난다. 때로는 아내와 때로는 퇴직 동료들과 때로는 혼자만의 여정으로 떠난다. 이 시간이 얼마나 좋은지 모르겠다. 가끔 이 시간에도 힘들게 고민하고 일하고 있을 후배들을 생각하면 참으로 안쓰럽고, 마음이 아프다. "너희도 곧 좋은 시간 올 거야…."

아주 많이 단출해진 '사람들과의 관계'도 나의 정신 건강을 증진시켜 주고 있다. '내가 주도적으로 선택해서 만날 수 있는 인간관계', 퇴직이 가져다준 가장 큰 선물이 아닐까 싶다. 술도 내가 먹고 싶을 때나 먹으면 되고….

또한 가족과 함께하는 시간이 많아서 행복하다. 아내의 부탁도 이젠 언제든지 내가 들어주고 해결해 줄 수 있다. 어떤 심부름도…. 단 한 가지, MZ 세대 우리 애들은 '불가근불가원(不可近不可遠)!!'

무기력했던 중년의 한 인간이 6개월 만에 다시, 그러나 완전히 새로운 방향으로 에너지와 열정을 갖게 된 데는 가족의 힘이 무엇보다도 컸다.

나와 사랑하는 가족을 위하여 가열 찬 인생 후반전, 이제 시작합니다 ~!!

대기업의 이모저모

3. 대기업의 보상

대기업을 지원하는 사람들에게는 여러 가지 지원 동기가 있겠지만, 아무래도 그중 가장 중요도가 높은 것은 '보상'이라 해도 과언은 아닐 것 같다.

대기업들이 가지고 있는 보상 정책은 크게 '금전적 보상'과 '비금전적 보상'으로 나눌 수 있는데, 우선, 금전적 보상은 크게 '급여(연봉)', '성과급(Incentive Bonus)', '복리후생' 세 가지로 구성되어 있다.

'비금전적 보상'은 대기업 자체가 가지고 있는 사회적 영향력에 근거하여 구성원들이 갖게 되는 '무형의 사회적 지위'라 할 수 있다. 구성원들은 지속적으로 자신의 회사가 사회적으로 선한 영향력을 가진 회사가 될 수 있도록 열심히 일을 하고, 그 결과로 회사가 가지게 되는 사회적 영향력을 공유하게 되는 것이다. 회사 내부에서도 '승진'이라는 제도를 통해 이러한 사회적 지위는 지속적으로 성장할 수 있게 되어 있다.

1 급여(연봉)

연간 고정적으로 받게 되는 급여로서, '월급' 형태로 나누어 수령한다. 매년 인상률이 결정되는데, 노동조합이 있는 경우는 '협상'을 통해, 그렇지 않은 경우는 '회사의 결정'에 따라 인상률이 결정된다. 현재 Top Tier 대기업들의 경우 신입사원 연봉 수준이 연간 5천만 원(세전)을 훌쩍 넘는 수준이기 때문에 대기업 선호 현상은 지속될 수밖에 없을 것 같다.

2 성과급(Incentive Bonus)

급여(연봉)와 달리 매년 회사의 경영 실적에 따라 받게 되는 추가적인 금전 보상이다. 기업마다 성과급을 결정하는 기준은 조금씩 상이한데, 영업이익을 기준으로 하는 경우, 순이익을 기준으로 하는 경우, 기타 EVA(경제적 부가가치)를 기준으로 하는 경우 등 다양하다.

성과급은 실적이 좋지 않을 경우 못 받기도 하기 때문에, 연말 연초 회사마다 희비가 극명하게 엇갈리는 주요 원인이 되고 있다.

3 복리후생

대기업 보상의 꽃은 '복리후생'이라 말하는 사람이 많다. 그만큼 분야도 광범위하고, 수혜 항목도 다양하게 구성되어 있기 때문이다.

복리후생은 구성원들이 개인과 가정의 대소사에 크게 영향을 받지 않으며, 업무에 집중할 수 있는 여건을 지원한다는 취지로 운영되는 것이다.

원칙적으로는 노동조합이 회사와 2년에 한 번씩 '단체 협상'을 통해 복리후생 항목을 조정하는 방식으로 운영되는데, 사안에 따라, 상황에 따라서는 회사가 선제적으로 결정하여 시행하는 경우도 있다.

주로, 본인과 친·인척을 대상으로 한 경조금 및 경조 휴가, 의료비 지원, 자녀 학비 지원, 휴양 시설 제공, 건강검진, 기타 문화 행사 지원 등 다양한 항목으로 구성되어 있다.

4. 대기업의 임원이란

대부분의 임원은 소위 '집행임원'으로 각자 맡은 조직의 역할을 수행하고, 그 결과에 대해 책임을 지는 사람들이다. 그리고 대부분이 큰 규모 조직의 '리더'이기도 하다.

임원들은 〈근로기준법〉의 보호를 받지 않고, 매년 회사와의 별도 근로계약을 통해 계약관계를 유지해 나간다. 다른 각도로 보면, '임시직'이자 '계약직' 신분이라 말할 수 있다.

과거 선배님들 세대에서의 임원은 '감독'이나 '코치' 역할에 가까운 모습이었다면, 최근 기업 환경에서는 선수를 겸하는 '플레잉 코치'에 가깝다고 볼 수 있다. 새로운 개념과 화두가 쏟아져 나오는 최근의 기업 환경에서는 자신이 내려야 하는 어려운 의사 결정을 위해, 자신을 믿고 따르는 많은 구성원의 성장과 미래를 위해, 끊임없이 공부하고 노력하지 않으면 한순간도 버텨 낼 수 없는 자리가 되어 가고 있다.

그래서, 기업들이 임원들에 대해서는 구성원들과는 다른 수준의 보상을 실시한다. 물론, 회사의 기밀에 가까운 많은 정보와 일을 처리하는 데 대한 대가라는 의미도 있지만 말이다.

복리후생 차원에서도 구성원들 수혜 항목 外 고가의 건강검진, 체력 단련 지원, 학습 지원, 차량 지원, 골프 회원권 등 다양한 추가 지원을 해 주고 있는데, 실제로는 시간이 없어 활용을 많이 못 하는 웃픈 현실이다.

입사해서 1% 미만의 확률로 임원이 된다는 통계가 보여 주듯, 임원은 되기도, 되어서도 어려운 '직장인의 꽃'이라 할 수 있다.

한번 도전해 보라!

| 4부 |

현명한 자여!
미리 후반전을 준비하라

인생의 시야와 목표를 스트레칭하라 |

주식 투자를 하시나요?

　나도 오래전부터 주식 투자를 해 왔지만 성적은 그다지 좋지 않아 남들에게 주식 투자를 한다는 말을 먼저 하는 편은 아니다. 보통 주식 투자를 하다 보면 이런저런 이유로 책도 사서 보고, 나름 주식 공부를 하게 되는 것이 자연스러운 일이다. 잘되는 경우는 더 잘하고 싶어서, 안되는 경우는 잘해 보려고….

　주식 공부를 하다 보면 가장 먼저 맞닥뜨리는 것이 '차트'이다. 여러 종류의 차트가 있지만, 그중 막대와 선으로 표시되는 '캔들 차트'가 기본 중의 기본이 아닌가 싶다. 나는 아이러니하게 이 '캔들 차트'를 보며 돈을 벌 수 있는 기회를 포착하는 데는 실패하고, 주로 '인생'을 들여다보곤 했다.

소위 '일봉(日棒)'이라 불리는 캔들 하나하나를 들여다보라. 하루에도 사고판 시점의 차이에 따라 그 캔들 하나에 얼마나 많은 사람의 '한숨과 탄식'이 그리고 '기쁨과 환희'가 묻어 있는지 들리지 않는가? 우리가 하루하루 살아가는 '일상'과 닮아 있음을 느낄 수 있지 않은가?

반면, '주봉(周棒)', '월봉(月棒)' 등으로 구성된 장기적인 추세 차트를 들여다보라. 이게 바로 우리 '인생'이라 생각해 본 적이 있는가? 하루하루의 한숨과 탄식, 기쁨과 환희가 뒤섞여 시간이 이를 버무려 주면 한 편의 인생이 되는 것이다. 어떤 이는 장기적으로 꾸준히 '우상향'하는 인생을 살아왔을 수도 있고, 어떤 이는 꾸준히 '우하향'하는 인생을 살아왔을 수도 있다.

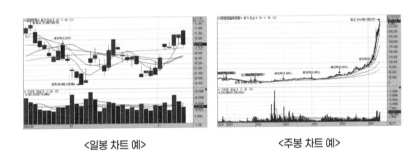

<일봉 차트 예>   <주봉 차트 예>

실제 우리가 살아가는 삶을 한번 들여다보자.

직장 생활을 하는 사람, 사업이나 자영업을 하는 사람 등 어떤 종류의 일을 하는 사람이든 간에 치열하지 않은 하루와 일상을 보내는 사람은 그리 많지 않을 것이다. 소위 하루하루가 '전쟁'인 세상을 살고 있는 것이다. 하지만, 여기서 우리가 쉽게 범하는 오류는 그 단기적 일상에 매몰되어 '먼 미래의 나의 모습'을 놓치고 사는 것이다.

"하루하루가 힘든데 미래를 생각할 여유가 어디 있습니까?"

나도 자주 했던 말이다. 그런데, 지금 와서 생각해 보니 이건 아니라는 것이 확실하다. 하루하루 힘들고 그 '의미'를 찾기가 어려우면 조금씩 모아서 들여다보라. 나의 인생 그래프가 조금씩이라도 '우상향'하고 있는지를. 그렇지 않다면 원인이 무엇인지, 어떻게 방향을 틀어 '우상향'할 수 있을지를 빨리 고민해 보아야 한다. 긴 시간이 흐르고, 지금보다 한참 아래에 가 있는 '나의 지점'에 화들짝 놀라지 않으려면. 그리고 그렇게 끊임없이 내가 목표한 방향을 향해 잘 가고 있는지를 들여다봄으로써 비로소 그날 보낸 하루, 정신없이 보낸 일주일, 한 달이 비로소 나름의 '의미'를 찾을 수 있다.

"아, 그날은 몰랐지만 이렇게 생각하면 나쁘진 않네. 이렇게 생각해 보니 잘한 거구나…." 하고 말이다.

아직 내가 이런 말을 할 수 있는 충분한 자격은 없다고 생각한다. 하지만, 후배들을 위해서 어떻게든 한마디 조언이라도 해야 마음이 편해질 것 같아 용기를 내어 본다.

"인생 살아 보니 생각보다 길다. 하루하루가 오르락내리락하더라도,

내 인생이 어떤 방향으로 가고 있는지 한 번씩 확인해 보라. 그러면, 오르락내리락하는 그 하루들의 의미가 완전히 달라질 수 있다."

인생의 시야와 목표는 웅크리고 있어서는 현명한 답을 찾지 못한다. 몸만 스트레칭이 필요한 것이 아니다. 인생의 시야와 목표도 한껏 스트레칭을 해 보라. 인생이 달라질 것이다.

'직(職)'보다는 '업(業)'을 고민하라 |

여러분이 현재 하고 있는 일은 '직(職)'에 가까운가? 아니면 '업(業)'에 가까운가?

이를 판단해 보는 간단한 기준은 현재 다니고 있거나 소속되어 있는 직장, 조직을 떠나 나의 일이 '홀로서기'가 가능한지를 들여다보면 된다. 만일 '홀로서기'가 가능하다면 그것은 '업(業)'이라 보면 된다.

나 자신도 오랜 기간 일을 해 오면서 특정 분야의 '전문가'인 것처럼 큰 착각을 하고 살아왔다. 오래 했고, 익숙하고, 어떤 문제가 닥쳐도 해결이 가능할 것 같고…. 하지만, 다니던 직장의 울타리가 제공하고 있었던 (하지만 나는 인식하지 못하고 있었던) 유·무형의 인프라가 걷히고 나니, 혼자 홀로서기가 쉽지 않음을 비로소 깨닫게 되었다.

다시 말하면, 내가 하고 있던 일은 그 직장 내에서 비로소 의미가 생겨

나는 일이었던 것이다. 아울러, 내가 전문가임을 일일이 설명하고, 시간을 들여 증명해 내는 방법 이외에는 달리 증명할 수 있는 '객관적 증표'를 가지고 있지 못했던 것이다.

문제의 핵심은 '직(職)'은 '시간적·공간적 制限'을 가지고 있으며, '생명력이 길지 못하다'는 것이다.

서강대학교에서 경제학을 강의하시는 김영익 교수님의 글로벌 거시 경제 강의를 두 번 들은 적이 있다. 교수님은 과거 국내 유수의 증권사에서 유명 리서처 및 연구소장으로 이름을 날리신 화려한 경력의 소유자시기도 하다. 본인이 강의를 다니면서 가장 많이 받는 질문 두 가지가 있다고 하는데, 하나는 "살면서 가장 잘한 투자가 무엇인가?"와 다른 하나는 "돈을 많이 벌었는가?"라고 한다.

첫 번째 질문에 대한 답이기도 한데, 나에게 참 인상 깊은 답변은, 교수님 본인이 살면서 가장 잘한 투자는 바로 직장을 다니면서 박사 학위를 취득한 것이라고 한다. 그래서 본인은 공인된 '전문가'로 인정을 받고, 퇴직 후에도 '교수'로서 인생 후반전을 살고 계신다면서….

국내 유명 코칭 전문가이자, 저술가, 컨설턴트로 활동하고 계신 한근태 선생님도 "과거 오랜 기간 쌓아 온 경력도 '글쓰기'를 통해서 비로소 '유형자산', '지적자산'으로 전환되며, 남들에게 진정한 '전문가'로서 인정받을 수 있다."라고 하였다.

'업(業)'으로 가는 길이 반드시 학위를 받아야 하고, 책이나 글을 써야만 하는 것은 아닐 것이다. 분야에 따라 다양한 길이 존재할 것이다.

여기서 중요한 점은 우선, 나의 '업(業)'이 무엇인지를 찾는 것이다.

'업(業)'은 인생을 통틀어 평생 같이해야 할 나의 '분신(分身)'과 같은 의미이기에 무엇보다도 나의 '인생관'이나 '철학'에 부합하는 것이 중요하다. 다음으로는, 평생을 '나눔'으로만 점철할 수도 없는 법이니, 일정 수준의 '경제적 보상'이 수반되는 일이어야 하는 것도 중요하다.

나의 '업(業)'을 찾은 다음에는 많이 살펴보고 찾아보아야 한다. 지금 나의 시기에 무엇을 준비해야 하는지. 과하거나 부족함이 없이, 그리고 내가 처한 현실에 많은 부담을 주지 않는 범위 내에서 무엇을 준비해야 하는지를 생각해 보고, 반드시 실행하는 것이 필요하다. 나처럼 시간이 많이 지난 뒤 뒤늦게 깨닫고, 허겁지겁 준비하지 않으려면 미리 생각하고, 찾고, 실행하는 것이 나중을 위해 현명한 대처일 것이라 생각한다.

긴 호흡으로 나의 '업(業)'을 찾고, 준비하는 과정은 현실에서도 나를 좀 더 힘을 내게 만들고, 나의 눈앞에 닥친 어려움들을 슬기롭게 헤쳐 나갈 힘을 주는 '원동력'이 될 수도 있을 것이다. 학창 시절 시험 기간 내내 '시험이 끝나면 무엇을 해야지. 어디를 가야지.'라는 상상을 하면서 버텨 냈던 것처럼 말이다.

늦지 않았다. 오늘 다시 한번 나의 '업(業)'에 대해 진지하게 고민을 시작해 보자. 달라질 나의 인생을 위하여….

'미래의 현금 흐름'을 미리 준비하자 |

우리는 살면서 다양한 형태의 '저축'과 '투자'를 한다.

개인별로 상황이 다르고, 성향도 다르기 때문에 각자 선택한 결과가 매우 다양하게 나타난다. 소위 '위험회피형'인 분들은 가급적 적금이나 예금 등 안전한 상품을 선호할 것이고, '위험감수형'인 분들은 보다 과감하게 주식이나 펀드, 부동산 등에 투자를 하기도 한다. 그 당시 거시적인 경제 상황이 어떤가에 따라 그 '적합성'은 달라질 수 있으나, 그 어떤 것도 오답도, 유일한 정답도 아니다.

하지만, 많은 사람이 간과하거나 상대적으로 경시(輕視)하고 놓치는 부분이 있다. 바로 '안정된 미래의 현금 흐름'이다. 나도 사실 그랬다. 왜냐하면, 당장 매달 월급이 들어오고, 애들이 커 가면서 집도 옮겨 다녀야 하고…. 먼 미래의 현금 흐름보다 눈앞의 생활에 집중하기에 늘 바빴기 때문이다. 그리고, 먼 미래의 준비는 '현재'를 충분히 커버하고 난 후 '여

웃돈'으로 하는 것이라 늘 생각을 했던 것도 그 원인이라 할 수 있을 것 같다.

하지만, 막상 퇴직을 하고, 나이도 오십 중반이 되고 나니 그 생각들이 얼마나 잘못된 생각인지, 얼마나 위험한 생각인지 비로소 깨닫게 되었다. 꼭 닥쳐야 깨닫게 되는 이 못된 습관을 버려야 한다.

당장 월급이 끊어진다. 소득이 없거나, 불규칙해진다는 뜻이다. 그러나, 아이들 때문에도 나가야 하는 지출은 한참 가속도가 붙는 시기이고, 아무리 따져 봐도 지출만큼은 철저하게 규칙적이다. 심혈을 기울인 준비와 계획을 통해 빠져나가야 하는 '길고도 먼 터널' 입구에 다다른 것이다.

"부동산 투자를 잘 해서 노후에 꾸준한 임대 소득으로 생활하면 되지 않습니까?"
현실에서는 100명 중 겨우 한 사람이나 가능한 일이라 생각한다. 임대 소득으로 살아갈 수 있으려면 그 부동산을 살 때도 엄청난 자금이 소요되는 큰 물건이어야만 계산이 나오기 때문이다. 우리 중 몇이나 그게 가능할까?

그래서 나의 결론은 정말 얼마 되지 않는 금액이라도 젊어서 일을 할 때 '연금' 형태의 저축을 꾸준히 하라는 것이다.

연금을 간단히 들여다보면, 운용 주체에 따라 크게 공적연금과 사적

연금으로 나눌 수 있다. 공적연금은 많은 분이 직장에서 현재 원천적으로 적립하고 있는 국민연금이나 공무원연금, 사학연금, 군인연금 등이 포함되고, 사적연금은 말 그대로 개인이 선택해서 가입하고, 운용을 하는 주체도 민영기업이나 금융기관인 연금을 말한다. 요즘은 퇴직 시 받는 퇴직금도 일시금으로 받거나 아니면 연금으로 받을 수 있는 옵션이 생겼다. 과거 회사가 파산하면 평생 적립한 퇴직금을 못 받는 경우도 발생하곤 하여, 이를 방지하기 위해 회사가 퇴직금을 금융기관에 적립하고, 개인은 퇴직 시 일시금 또는 이후 연금 형태로 수령할 수 있는 '법정 퇴직급여 제도'가 마련되어 있기 때문이다.

여기서 중요한 것은 묻지도 말고, 따지지도 말고 연금 형태의 저축을 한두 개는 가입하여 미래에 조금이라도 도움이 되도록 하라는 것이다. 그러면, 사적연금의 경우, 만 55세부터는 연금 수령이 가능하니, 이후 퇴직연금, 국민연금 등을 잇달아 수령하면서 소위 노후의 '돈맥경화'에 숨통을 틔어 놓을 수 있게 되는 것이다.

연금 형태의 저축들은 불입할 때도 소득공제나 세액공제가 가능하여 혜택이 있고, 연금으로 수령 시에도 높은 세율의 근로소득세나 이자소득세가 아닌 낮은 세율의 연금소득세로 충분히 절세할 수 있는 이중의 혜택도 누릴 수 있다는 점이 매력적이기도 하다.

퇴직 후 노후는 조금 과장된 표현을 빌리자면, 모래바람 부는 드넓은 황무지에 버려진 느낌이기도 하다. 뚜벅뚜벅 걸어가려면 반드시 최소한의 물과 소금, 그리고 식량은 있어야 할 것이다. 연금이 바로 이런 역할을 한다고 볼 수 있을 것 같다.

과거 젊은 날, 나는 늘 근거 없는 자신감으로 "푼돈에는 연연치 않는다."라고 허풍을 떨고 살았으나, 막상 때가 오고 나니 생각이 많이 달라졌다.

젊어서, 일이 있을 때 '미래의 현금 흐름'을 준비하자.

워라밸(Work and Life Balance)에 대한 제언

팀장, 임원 시절 사내 교육을 나가면 가장 많이 받는 질문이 하나 있었다.

"워라밸을 어떻게 실천해야 하나요…?"

워라밸(Work and Life Balance)은 1970년대 후반 영국 여성 노동 운동에서 처음 등장하였다고 한다. 이후 문명의 급격한 발전과 사람들의 의식 변화에 따라 전 세계적으로 급격하게 퍼져 나가게 되었고, 대략 우리나라에서는 2010년대 접어들면서 중요한 화두로 자리 잡기 시작하였다.

최근 MZ 세대 구성원들의 경우, 직장을 선택하는 기준 중 이 워라밸을 최우선 순위에 두고 있다는 사실은 많은 자료를 통해 쉽게 찾을 수 있으며, 실제 직장 내에서도 흔히 볼 수 있다.

예를 들어, 보통 규정된 업무 시간이 '9 to 6'인 기업이 많기 때문에 6시 이후 초과근로를 하는 데 있어 세대별 반응은 완전히 다르다. 나와 같은 비교적 구세대들은 별다른 의식의 거부감 없이 '저녁을 어떻게 할까?' 정도의 고민만이 필요한 데 반해, 젊은 동료들은 초과 근로 자체에 대한 거부감을 해소하는 데 에너지를 쏟아붓는 것을 볼 수 있다.

소위 회식의 경우도 비슷하다. 요즘은 최소 2주 전에 협의(과거처럼 통보도 아님)되지 않은 회식은 실질적으로 불가능하며, 실제 2주 뒤 당일에도 갑작스러운 불참자가 발생하기도 하는 게 드문 일은 아니다.

요약해 보면, 일보다는 개인의 여가와 삶, 그리고 개인의 성장을 위한 시간에 그 '가치와 비중'을 두고, 가급적 시간적으로도 균형을 맞추려는 경향 정도로 정의를 할 수 있을 것 같다.

그런데, 여기서 생각해 보아야 할 점 하나는 워라밸 단어 자체가 가진 의미는 일과 삶이 분리된 존재라는 전제이다. 두 존재는 상호작용을 통해 시너지를 낼 수 없는 'Trade-off 관점' 아래에서 존재한다는 것이다.

나는 바로 이 점에서 많은 사람이 겪고 있는 현실적인 고충과 고민, 좌절 등이 생겨난다고 생각한다. 그리고 세대 간 이해의 차이로 인해 갈등의 양상으로 나타나고 있는 것이다.

평생 일하지 않고 살 수 있는 사람은 극히 드물다. 아마 일을 어떻게 정의하느냐에 따라서는 일하지 않는 사람은 아예 없을 수도 있다. 그렇기 때문에 이 일에 대해 어떤 관점으로 바라볼 것인가의 문제는 우리 모두에게 매우 중요한 문제라 할 수 있고, 어떤 관점이냐에 따라 우리의 일상, 우리의 인생이 갖는 의미가 많이 달라질 수 있다.

나는 감히 일을 삶의 일부라고 말하고 싶다. 나의 삶 속에는 일도 있고, 일 외적인 여가나 자기계발 등 삶을 구성하는 다양한 요소들이 포함되어 있다고 본다. 그리고, 업(業)으로서의 나의 일을 찾고 준비해 가는 과정을 중요하게 생각한다면, 굳이 일과 삶을 분리하여 그 균형을 찾겠다는 노력은 크게 의미가 없는 일이라 말할 수 있을 것 같다.

평생의 업(業)으로서 가치를 갖는 일을 하다 보면, 때로는 일을 하는 시간이 많아질 경우도 있고, 때로는 조금 여유가 생기는 경우도 있을 수 있고…. 탄력적으로 이해하고 받아들일 수 있는 여지가 충분히 생길 수 있지 않을까? 단지, 경제적 보상, 생계 수단으로서의 일이 아니라면 말이다.

그리고, 우리가 일터에서 겪게 되는 어려움들은 그 일의 문제가 아니라, 주변 사람들과의 갈등이라는 다른 차원의 문제가 핵심이 아닐까? 그렇다고 한다면, 이 문제는 다른 관점에서 새로운 접근법으로 풀어 가는 것이 맞다고 본다. 그냥 무작정 워라밸을 찾겠다는 접근법보다는.

젊은 세대들, 특히 갓 결혼하거나 자녀가 어릴 경우 특히 이 워라밸에 대한 현실적 고민이 많을 수밖에 없다. '조금 더 가정과 자녀와 함께 시간을 보내고 싶은데….' 생각하면서 말이다. 세상의 모든 문제를 획일적으로 풀어 줄 수 있는 '솔로몬의 지혜'는 존재하지 않는다. 결국, 나 스스로가 마주하는 문제의 상황에서 어떻게 해석하고 받아들이느냐에 달렸다. 그 속에서도 나름의 의미를 찾지 않으면 하루하루가 고통의 나날이 될 수 있다. 스스로의 힘으로 벗어날 수도 없으면서….

감히 제언한다.

업(業)으로서의 일의 의미를 찾으면서 새로운 관점으로 워라밸을 해석하고 받아들이는 '스마트함'을 장착하자. 비로소 하루하루가 의미가 없는 날이 없는 알찬 인생을 살 수 있게 될 것이다.

내 몸을 사랑하라 |

나이가 들어 가면서 주고받는 이야기 중 이런 이야기가 있다.

"젊어서는 돈 번다고 건강을 바치고, 늙어서는 건강 찾는다고 번 돈 바치고…."

간단한 한 문장의 말이지만 평범한 우리 인생을 무엇보다도 잘 표현하는 '촌철살인(寸鐵殺人)'이라는 생각이 든다.

웬만한 기업들은 복리후생 차원에서 매년 임직원들에게 건강검진 기회를 제공해 준다. 내가 다닌 직장도 예외는 아니어서, 나도 입사 후 한 해도 빠짐없이 건강검진을 받아 왔다. 그런데, 과장 정도 되었을 무렵부터 회사 건강검진이 끝나면 이상한 인사 발령이 가끔 올라오는데 화들짝 놀라곤 했던 기억이 선명하다. 어떨 땐 잘 아는 분이, 어떨 땐 얼굴 정도 아는 분이 건강검진에서 '암'이 발견되어 휴직에 들어가거나, 이후 잊고 있었다가 결국 돌아가셨다는 비보를 접하기도 하면서 혼자 많이 슬퍼했던 기억들이 있다.

  하지만 그런 불행은 남의 일로만 끝나지 않았다. 2012년 건강검진에서 나도 갑상샘암이 발견되었고, 그해 겨울 수술을 하는 일을 겪게 되었다. 십여 년이 지난 지금도, 당시 의사 선생님 입에서 "제거해 낸 조직이 '암'으로 판정되어 수술이 불가피합니다."라는 그 이야기를 듣고 앉아 있을 때의 떨림이 너무나도 생생하다. '왜 나에게 이런 일이 일어난 거지?', '아무리 생각해도 남에게 해를 끼치며 산 것도 아닌데, 왜 나에게 이런 일이…?' 정말 가슴속 밑바닥에서 이런 날것의 질문이 끊임없이 치밀어 올라오던 시간이었다.

  이후 5년 정도의 추적 관찰과 보완 치료를 통해 완치가 되었지만, 그 일이 있고 난 뒤부터 '건강'에 대한 나의 생각은 이전과 많이 달라진 것이 사실이다. 생각해 보면, 운동이나 외상 등 신체적인 원인이라기보다는 거의 90% 이상이 '스트레스'였던 것으로 나는 결론을 내리고 있다. 수술 집도와 이후 치료를 담당하셨던 그 의사 선생님은 항상 과중한 업무에도 불구하고 얼굴에 온화한 미소를 머금은 채 나에게 "별다른 것 없어요. 그냥 마음 편하게 행복하게 사세요."라고 말씀하셨다. 나에게 그분은 이미 '경지'에 오르신 분 같아 늘 존경의 눈으로 쳐다보곤 했었다.

  젊어서는 '돈'과 '시간'이 부족해서 행복하지 못하고, 나이 들어서는 두 가지를 채워 놓았더니 '건강'이 없어서 행복하지를 못하다고들 한다.

"먹고살기도 힘들고, 해야 할 것들도 많고, 내 건강 챙길 만큼 여유가 있지 않습니다." 많은 분이 이런 이야기를 하는 것이 귀에 들리는 듯하다.

하지만, 건강이 결여된 삶, 인생은 정말 근본적으로 행복할 수 없는 바탕 위에 서 있는 삶과 인생이다. 더군다나, 건강은 특정한 때를 맞춰 관리해야 할 성격의 문제도 아니고, 태어나서 죽는 날까지 나 스스로가 남의 도움 없이 혼자 지켜 나가야 하는 문제인 것이다.

말이 좀 이상할 수도 있겠다.

"후배들이여, 내 몸을 사랑하자!"

'코칭(Coaching)'에 대해

'코칭(Coaching)'은 다른 사람을 직접 가르치는 것이 아니다. 우리가 일상에서 스포츠 분야의 '코치(Coach)'라는 역할과 그 이미지로 인해 잘못 알고 있는 것이다. 코칭은 상대방으로 하여금 스스로 문제 해결을 위한 방안을 도출하게 하고, 또, 스스로 이를 실행해 나가도록 돕는 행위이다. 이를 통해 그 상대방은 일회성이 아니라 지속 가능한 '성과 창출'과 '성장'을 해 나갈 수 있는 것이다.

코칭은 이러한 메커니즘으로 특정 조직의 성과 관리를 하는 방법론이자, 곧 훌륭한 '리더십'이기도 하며, 모든 조직 구성원이 코칭을 일상적인 커뮤니케이션으로 소화해 낼 수 있다면 그 조직의 '문화'가 될 수도 있다. 또한, 이를 자녀 교육에 적용하면 훌륭한 '자녀 교육법', '자녀 대화법'이 될 수도 있다.

과거 많이 보던 수학 참고서 한쪽 구석에 이런 글귀가 적혀 있었다.
"고기를 잡아 주는 것보다 고기 잡는 법을 가르쳐 주라."
동일한 개념은 아니지만, 거의 코칭과 유사한 개념이라 생각한다.

최근, 우리를 둘러싼 다양한 환경은 이러한 코칭에 대한 수요를 증가시키고 있다. 기업 환경에서도 날로 어려운 문제들이 터져 나온다. 그리고, 변화의 속도가 너무 빨라 특정 개인이 따라가기에는 현실적으로 불가능하다. 그 옛날의 전문성에 근거한 '분업' 개념이 다시 필요해지는 것 같다. 소위 '지휘자'가 모든 악기를 다 다룰 줄 알아야 할 필요는 없는 것처럼 말이다.

리더는 계속 구성원들이 자기 전문성을 십분 발휘할 수 있도록 환경을 만들어 주는 것이 가장 그 조직의 성과를 크게, 그리고 지속적으로 만들어 가는 방법이라고 이미 증명되어 있다.

이제 가정에서도 자녀에게 모든 것을 지시하고, 주입하는 것은 불가능하고, 현명한 방법도 아니다. 자녀로 하여금 스스로 생각하게 하고, 실천하게 함으로써 지속 가능한 행동 양식을 몸에 배도록 하는 것이 올바른 자녀 교육법이다. 특히나 요즘 인터넷과 SNS로 무장된 자녀들에게는 더욱 그런 접근이 필요하고, 유일한 접근이다.

코칭은 역사적으로 발전해 오는 과정에서 많은 학문적 배경이 녹아들었다. 철학, 심리학, 교육학, 경영학 등…. 최근에는 뇌과학 분야의 지식도 활용이 늘어난다고 한다. 그래서, 코치는 '평생 학습자'로 끊임없는 학습을 해야 한다.

평생의 '업(業)'으로도 활동이 가능하지만, 가까이는 일상에서 나라는 사람이 어떤 생각과 행동을 하고 살아야 하는지에 대한 '기준과 규범'을 제시해 주기도 한다. 지인들과의 대화에서도, 가족들과의 대화에서도 기왕이면 어떻게 행동하고 말하는 것이 현명한지에 대해 배워서 잘 알고 있기 때문이다.

1. 전문 코치가 되는 법[2]

1 필요 기술 및 지식

코치가 되기 위해서는 일정 수준 이상의 교육과 실습 경험을 쌓아야 한다. 그 이후 한국코치협회에서 실시하는 '코치인증 자격시험'을 통과하면 전문 코치가 될 수 있다. 부수적인 지식으로는 MBTI와 DISC, 에니어그램 등 여러 성격유형 진단기법이나 신경언어프로그램(NLP), 심리분석학 등이 있으며, 이러한 주변 지식도 심도 깊은 코칭에 많은 도움이 될 수 있다.

2 교육 및 훈련

한국코치협회의 전문 코치 인증자격 요건 1단계인 KAC(Korea Associate Coach)는 최소 20시간의 교육을 수료하고, 50시간 이상의 코칭 실습을 요구하고 있다.

---

2) 사)한국코치협회 홈페이지 참조

2단계인 KPC(Korea Professional Coach)는 최소 60시간의 교육을 수료하고, 200시간 이상의 코칭 실습을 할 것을 요구하고 있다.

그리고 가장 높은 단계인 KSC(Korea Supervisor Coach)는 최소 150시간의 교육을 수료하고, 800시간 이상의 코칭 실습, 그리고 멘토 코칭을 받을 것을 요구하고 있다.

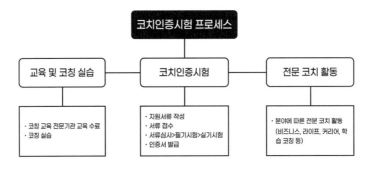

2. 활용 분야

인접 분야라고 할 수 있는 상담(Counseling)이나 컨설팅, 멘토링, 티칭 등이 오래전부터 실시되고, 정착되어 있는 데 반해, 코칭은 시발지인 미국에서도 약 25년 전에 시작되어 전 세계적으로 확산되고 있으며, 현재도 계속 발전하고 있는 분야이다.

코칭은 과거보다는 미래, 부정적인 측면의 문제 해결보다는 긍정적인 미래의 꿈과 비전에 초점을 맞춤으로써, 소득의 증가와 함께 보다 높은 삶의 질을 추구하는 미래의 환경에서 더 각광받을 수 있는 직업이다.

1 비즈니스 코치

비즈니스 코치는 민간기업 및 공공조직의 최고경영자, 임원, 중간관리자 등 조직의 구성원을 대상으로, 그들의 업무 활동 영역에서 조직의 성과를 창출할 목적으로 조직의 운영과 성과에 영향을 주는 비즈니스 이슈에 초점을 두고, 코칭 기법을 활용하여 코칭한다.

2 라이프 코치

라이프 코치는 청소년, 대학생, 주부, 직장인, 은퇴자 등 개인을 대상으로, 삶의 모든 영역에서 코칭 고객 스스로가 행복을 증진할 수 있도록 건강, 재무, 여가·취미, 가족, 사회 참여 관계와 소통, 삶의 목표와 의미, 정체성 등의 이슈에 초점을 두고, 코칭 기법을 활용하여 코칭한다.

특히 코로나19 팬데믹(Pandemic) 이후에 생의 의미를 찾고 '회복탄력성(Resilience)'을 강화하여 일상으로 회복하기 위해 노력하는 사람들을 중심으로 라이프 코치의 필요성이 대두되고 있다.

3 커리어 코치

커리어 코치는 학생, 직장인, 은퇴자, 청소년, 청장년, 신중년 등을 대상으로, 직업의 가치와 의미를 찾아가는 것을 목적으로 진로 설계, 경력 개발, 역량 개발 등의 이슈에 초점을 두고, 코칭 기법을 활용하여 코칭한다.

| 글을 마무리하며 |

글쓰기를 정식으로 배워 본 적도 없고, 글을 써 본 경험도 없는 내가 겁 없이 글을 쓰겠다고 덤비고는 몇 번의 후회와 포기를 번복한 후, 마침내 글을 마무리하는 시간에 이르게 되었습니다.

이 글을 쓰면서 비로소 나는 나의 인생을 '전반전'과 '하프타임', 그리고 '후반전'으로 그 의미를 정확하게 구분해 낼 수 있었습니다. 과거는 과거대로 잘 정리되어 '기억의 책꽂이'에 꽂혔고, 미래는 미래대로 치열한 고민의 시간을 통해 나름의 준비가 마무리된 것 같습니다. 그리고, 그 시간을 거치면서 나이만 먹은 '세상과 인생의 철부지'가 제법 의젓한 '삶과 인생의 선배'로 변모할 수 있었습니다.

직장과 직장 속에서의 사람들이 세상의 전부인 양, 앞만 보고 살아온 나, 그리고 아직도 나와 비슷하게 살고 있는 많은 동료와 후배….

한 사람의 인생은 결코 '단막극'이 아닙니다. '대하드라마'까지는 못 되더라도 반전과 역전이 존재하는 '장편 드라마' 정도는 된다고 보는 게 맞습니다. 그래서 현재의 내 모습에 너무 실망할 필요도, 너무 만족해할 필요도 없는 것 같습니다.

한 걸음, 그리고 한 걸음, 그 '의미'와 '가치'를 인식하면서 뚜벅뚜벅 내디뎌 갈 때, 우리의 인생은 '살아 볼 만한', '신나는', '의미 있는' 시간으로 변모한다고 자신 있게 말씀드려 봅니다.

인생의 하프타임….

인생 후반전을 어떻게 살지 결정하는 중요하고 의미 있는 시간입니다. 그리고, 우리 인생 전체를 평가받을 수 있는 평균값을 가늠해 보는 소중한 시간입니다. 결코, 낙오와 좌절의 시간이 아닙니다.

조금이나마 스스로에게 용기와 격려를 주는 시간으로 만들 수 있었던 것은 다름 아닌 가족의 힘이었습니다. 가족들에게 진심 어린 감사의 마음을 전하고 싶습니다.

저와 같은 상황과 시기를 살아가는 많은 분이 저와 함께 파이팅하시고, 남아 있는 새로운 경기도 힘차게, 후회 없이 뛰셨으면 하는 간절한 바람으로 마무리하고자 합니다.

감사합니다.

어느 대기업 퇴직 임원의 비망록

퇴직, 새로운 시작!

1판 1쇄 발행 2025년 02월 08일

지은이 최경락

교정 주현강 **편집** 김다인 **마케팅·지원** 김혜지

펴낸곳 (주)하움출판사 **펴낸이** 문현광

이메일 haum1000@naver.com **홈페이지** haum.kr
블로그 blog.naver.com/haum1000 **인스타그램** @haum1007

ISBN 979-11-94276-87-6(03810)